SUPER!
je cuisine

Éditions SCHOLASTIC

Publié initialement en Grande-Bretagne en 2013 par Dorling Kindersley Limited, 80 Strand, Londres WC2R ORL, R.-U.

Catalogage avant publication de Bibliothèque et Archives Canad:
Cook it. Français
Super! Je cuisine / traducteur, Bruno Porlier.
Comprend un index.
Traduction de : Cook it.
ISBN 978-1-4431-3500-9 (relié)
1. Cuisine--Ouvrages pour la jeunesse. 2. Cuisine rapide--
Ouvrages pour la jeunesse. 3. Livres de cuisine. I. Titre.
TX652.5.C6614 2014   j641.555   C2014-900813-

Pour l'édition française
Traduction, édition et PAO : Bruno Porlier
Correction : Nathalie Porlier

5 4 3 2 1 Imprimé en Chine CP152 14 15 16 17 18

Sommaire

Introduction

Savoir créer un plat savoureux à partir de toute une série d'ingrédients est non seulement magique, mais c'est aussi un précieux savoir-faire. Ce livre va te donner une foule d'idées pour inventer des déjeuners, des collations, des repas complets et des friandises. Que ton envie du moment soit de faire cuire un œuf, de confectionner des petits gâteaux ou de préparer quelque chose d'élaboré, comme un jambalaya, il te suffira de suivre les étapes de la recette dans ce livre.

Avant de commencer

1. Lis entièrement la recette avant de te lancer dans sa réalisation.

2. Lave-toi les mains, porte un tablier de cuisine et attache tes cheveux s'ils sont longs.

3. Réunis tous les ingrédients et les ustensiles nécessaires.

L'hygiène dans la cuisine

À la cuisine, suis ces règles importantes pour éviter le développement de bactéries susceptibles de provoquer des maladies.

• Lave-toi toujours les mains avant de commencer toute recette.

• Lave bien tous les fruits et légumes.

• Utilise des planches à découper différentes pour les viandes et les légumes.

• Nettoie ton plan de travail et aie toujours à portée de main une éponge et un torchon pour nettoyer tout produit renversé.

• Réserve séparément la viande crue et la viande cuite.

• Conserve la viande et le poisson au réfrigérateur jusqu'au moment de les utiliser et veille toujours à bien les faire cuire.

• Lave-toi les mains après avoir manipulé des œufs et de la viande crue.

• Respecte toujours les dates de consommation inscrites sur les emballages des produits.

• Jette les restes de marinade dans lesquelles de la viande crue a mariné.

Signification des symboles utilisés dans les recettes

Nombre de personnes que la préparation permet de nourrir (ou nombre de portions préparées).

Durée de préparation, y compris la durée de refroidissement, de congélation, de marinade, etc.

Temps de cuisson sur le feu ou au four. Certaines recettes, comme les salades, n'ont pas ce symbole.

La sécurité dans la cuisine

Chaque fois que tu vois ce symbole, effectue l'opération décrite sous le contrôle d'un adulte ou demande-lui de l'effectuer pour toi. En outre, les opérations nécessitant l'utilisation d'objets dangereux (ustensiles tranchants, cuisinière, four, etc.) doivent être réalisées sous la supervision d'un adulte.

Les poids et les mesures

Mesure ou pèse soigneusement tes ingrédients avant de te lancer dans une recette. Utilise des cuillères à mesurer, balances et autres tasses à mesurer si nécessaire. Les mesures utilisées dans ce livre sont les grammes (g), les millilitres (ml), les cuillerées à thé et les cuillerées à soupe.

Une alimentation saine

Pour grandir, être en bonne santé et avoir assez d'énergie pour toutes tes activités,
tu dois adopter un régime alimentaire équilibré et diversifié.

Les fruits et légumes

Ton organisme tire des vitamines et des sels minéraux essentiels des
fruits et des légumes. Essaie d'en consommer au moins cinq portions par
jour. Pour chacun d'eux, la bonne portion correspond environ
à ce que tu peux tenir dans la main : une pomme, une petite
grappe de raisin, deux bouquets de brocolis ou un bol
de salade, par exemple.

Les féculents

Le pain, les céréales, le riz, les pâtes et les pommes de terre sont des
sources de glucides. Ces aliments fournissent de l'énergie et doivent
donc faire partie de tout repas, qu'il s'agisse des céréales du déjeuner,
d'un sandwich ou du plat de pâtes du souper. Nombre
de ces aliments peuvent être préparés à base de céréales
complètes, qui sont meilleures pour la santé parce
qu'elles renferment plus de vitamines, de sels
minéraux et de fibres que leurs équivalents
plus raffinés.

Les protéines

Les aliments protéinés sont constitués d'acides aminés. Ce sont
les éléments essentiels de la matière vivante. Ils sont présents
partout dans notre corps et ils contribuent à le maintenir
robuste et actif. Les protéines que nous consommons
sont à la fois d'origine animale et végétale : viandes,
poissons, noix et graines, haricots et produits laitiers
en contiennent. Il est plus sain de les diversifier.

Les produits laitiers

Outre le fait qu'ils sont une source de protéines,
les produits laitiers apportent d'importantes vitamines (A, B12 et D) et
des éléments minéraux comme le calcium. Parmi eux, on trouve le lait,
les yogourts, le fromage, le beurre, la crème fraîche et le fromage blanc.
Si tu n'es pas amateur de produits laitiers, tu obtiendras les mêmes
nutriments dans d'autres aliments comme le lait de soja, le tofu
et les haricots blancs.

Les graisses (ou lipides)

Ton organisme a besoin de graisses pour bien fonctionner,
mais surtout de bonnes graisses, qui se différencient par leur
contenu en acides gras. Les bonnes graisses renferment des acides
gras essentiels dits poly- et mono-insaturés, tels que les omégas 3 et 6.
Ceux-ci se rencontrent dans les huiles végétales (sésame, tournesol, olive,
par exemple) ainsi que dans les poissons gras (saumon, maquereau).
Évite d'abuser des graisses renfermant des acides gras saturés ou trans,
qui favorisent la prise de poids et les maladies cardiovasculaires.
On les trouve dans les viandes, les graisses végétales transformées
(margarine), les produits laitiers et les aliments transformés.

Les aliments sucrés et le sel

Le sucre fournit un apport d'énergie rapide et
donne bon goût aux desserts. Mais sa
consommation excessive peut entraîner des sautes d'humeur, des caries
dentaires et l'obésité. Quant au sel, il peut provoquer une hausse de la
tension artérielle et des maladies cardiovasculaires. N'en mets donc pas
trop dans tes plats et évite les aliments à grignoter trop salés.

Les ustensiles de cuisine

Pour bien cuisiner, il te faut les ustensiles adaptés à chaque étape de ta préparation. La plupart des cuisines sont équipées de la majorité de ceux présentés ici. Redouble de prudence avec les instruments coupants ou fonctionnant à l'électricité : un adulte doit toujours être à tes côtés quand tu cuisines.

Fouet

Ciseaux
de cuisine

Roulette à pizza

Fourchette

Éplucheurs

Presse-ail

Cuillères en bois

Pinceau de
cuisine

Grande cuillère

Couteau
d'office

Couteau
de table

Cuillères

Râpe

Plaque à pâtisserie
et moules

Moule à pain

Moule à muffins

Plaque à pizza

Planches à découper

Grille de refroidissement

Boîte en plastique

Wok

Petits bols

Grand bol
ou saladier

Passoire

Bols en verre

Petite casserole

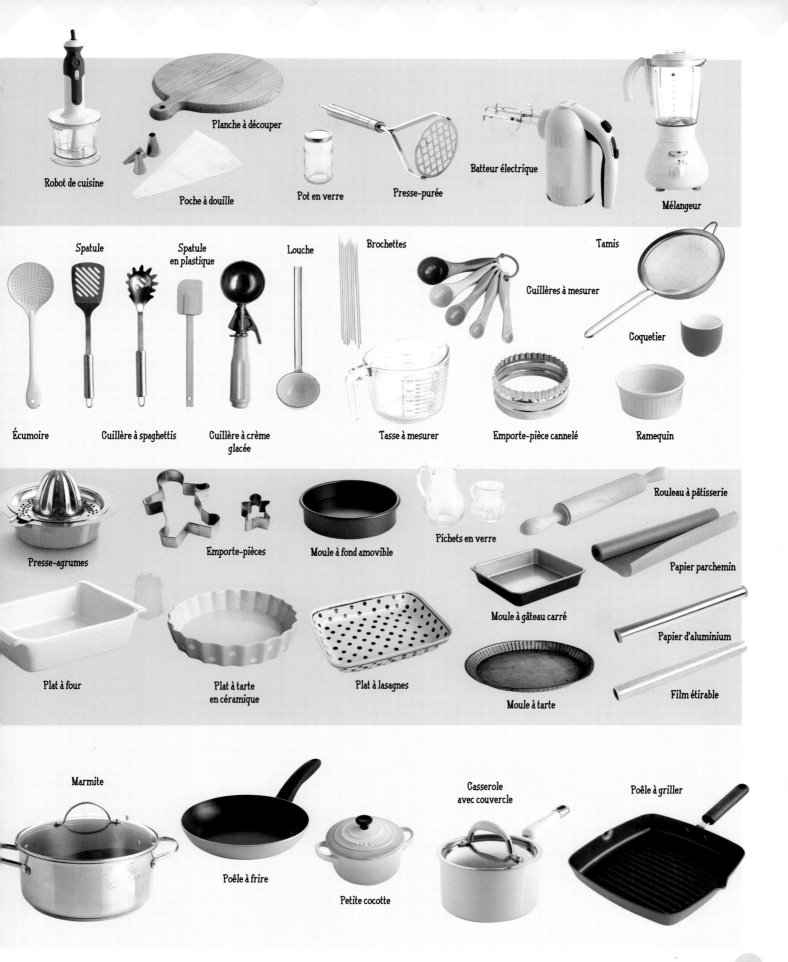

Robot de cuisine

Planche à découper

Poche à douille

Pot en verre

Presse-purée

Batteur électrique

Mélangeur

Spatule

Spatule en plastique

Louche

Brochettes

Tamis

Cuillères à mesurer

Coquetier

Écumoire

Cuillère à spaghettis

Cuillère à crème glacée

Tasse à mesurer

Emporte-pièce cannelé

Ramequin

Presse-agrumes

Emporte-pièces

Moule à fond amovible

Pichets en verre

Rouleau à pâtisserie

Papier parchemin

Moule à gâteau carré

Plat à four

Plat à tarte en céramique

Plat à lasagnes

Moule à tarte

Papier d'aluminium

Film étirable

Marmite

Poêle à frire

Petite cocotte

Casserole avec couvercle

Poêle à griller

Les bons gestes en cuisine

Certains aliments doivent être cuits longtemps et à feu doux, tandis que d'autres sont meilleurs saisis rapidement à feu vif. Selon la recette préparée, l'une des différentes techniques de cuisson présentées ci-dessous sera privilégiée afin de relever la saveur et la texture des ingrédients utilisés.

Faire bouillir

À feu vif, porter un mélange liquide à haute température jusqu'à ce qu'il bouillonne vivement.

Faire mijoter

Faire cuire une préparation longuement à feu très doux, à très léger bouillon.

Faire revenir

Saisir les aliments à feu vif dans une poêle contenant de la graisse, jusqu'à ce qu'ils brunissent.

Faire sauter

Faire cuire les aliments rapidement et à feu vif dans un peu d'huile, en remuant souvent.

Passer au gril

Il s'agit ici du gril du four, la chaleur venant du dessus. Il faut tourner les aliments durant l'opération.

Griller

Faire cuire sur un gril en fonte à haute température, ce qui laisse les marques du gril sur les aliments.

Au four

Faire cuire une préparation dans un four chaud. Du pain, des biscuits, des gâteaux et des tartes, par exemple.

Rôtir

L'opération consiste à faire cuire de la viande, du poisson ou des légumes au four.

Faire cuire à la vapeur

Placer les aliments au-dessus d'une eau en ébullition afin qu'ils cuisent dans la vapeur.

Pocher

Faire cuire dans un liquide bouillonnant à légers bouillons, tel que de l'eau ou du lait.

Frire

Plonger complètement les aliments dans de l'huile très chaude.

Faire cuire au barbecue

Faire rôtir ou griller les aliments sur la grille d'un barbecue.

La préparation des ingrédients

Avant de commencer la réalisation d'un plat, tu devras réunir tous tes ingrédients et les préparer. Selon la recette suivie, cette phase préliminaire pourra prendre très peu de temps ou nécessiter une certaine quantité de travail.

Découper en dés

Pour découper un oignon en dés, coupe-le d'abord en deux, puis tranche-le perpendiculairement pour produire des petits carrés : les dés. Pour une courgette, coupe-la d'abord en bâtonnets dans le sens de la longueur, puis en petits cubes.

Émincer ou trancher

Cela consiste à découper l'aliment en fines lamelles, en le tenant les doigts repliés à bonne distance de la lame ou bien en le tenant par-dessus tandis que l'on passe la lame sous le pont ainsi formé.

Éplucher (ou peler)

On peut peler les fruits et légumes avec un couteau d'office. Mais c'est souvent plus simple à l'aide d'un éplucheur. Il en existe différents types. Grâce à eux, on peut peler les carottes et les pommes en un tournemain. Celles-ci donnent de jolies spirales. Mais attention à tes doigts! Les éplucheurs sont très tranchants.

Râper

En frottant l'aliment sur les dents d'une râpe, on peut le réduire en petits morceaux.

Réduire en purée

Grâce à cette opération, les légumes cuits prennent une consistance idéale pour certaines préparations.

Avant

Après

Faire de la chapelure

C'est plus vite fait dans un robot de cuisine. Place des morceaux de pain rassis dans le bac, ferme le couvercle et mets l'appareil en marche jusqu'à ce que le pain soit réduit en miettes. À défaut, tu obtiendras le même résultat en frottant le pain sur une râpe.

Quelques autres gestes bons à connaître

- Faire griller permet de rendre un aliment comme le pain ou les amandes brun, chaud et croustillant tout en faisant ressortir son goût (voir p. 80).

- Réduire en purée pour obtenir une pulpe épaisse (voir ci-dessus) est une opération à laquelle se prêtent bien certains fruits et légumes. On peut aussi utiliser un mélangeur (voir p.31) ou un tamis.

- Faire mariner consiste à laisser tremper un aliment dans un mélange d'huile, de vin ou de vinaigre avec diverses herbes ou épices pour lui donner plus de saveur (voir p. 76, 77 et 88-89).

- Mélanger, c'est associer des ingrédients en les réunissant et en les remuant vivement pour obtenir une substance homogène (voir p. 112).

- Faire retomber une pâte qui a monté consiste à la comprimer du poing pour forcer l'air à s'en échapper (voir p. 41).

- Verser en filet signifie recouvrir délicatement une préparation avec un liquide comme de l'huile d'olive ou du miel (voir p. 81).

- Assaisonner, c'est ajouter du sel et du poivre.

- Remuer consiste à mélanger des ingrédients secs et des ingrédients humides pour qu'ils s'en imprègnent, comme des feuilles de salade verte dans la vinaigrette ou des pâtes dans leur sauce (voir p. 57).

- Faire réduire, c'est chauffer une sauce à petit feu pour qu'elle perde de son eau par évaporation, afin d'en réduire la quantité et obtenir une consistance plus épaisse (voir p. 83).

- Arroser consiste à répandre régulièrement sur un aliment qui cuit, son jus, une marinade ou du beurre fondu pour qu'il s'en imprègne (voir p. 92).

Les bons gestes en pâtisserie

Pour faire lever tes gâteaux, préparer des meringues et parfaire tes pâtes et tes biscuits, il existe des techniques que tu dois maîtriser. Une fois que tu les connaîtras et que tu sauras les mettre en œuvre, tu disposeras de bases sérieuses pour devenir un excellent pâtissier !

Tamiser

Passe au tamis de la farine ou du sucre à glacer pour enlever les grumeaux et les aérer.

Incorporer

1. Utilise une spatule pour remuer doucement tout en maintenant le mélange aéré.

2. Tourne autour des bords du bol puis ramène le mélange vers l'intérieur, tout en le soulevant.

Battre

Prépare un mélange lisse et aéré en le remuant très vivement à l'aide d'une cuillère en bois.

Séparer les blancs d'œufs

1. Casse la coquille en tapotant l'œuf sur le rebord du bol et ouvre-le en deux au-dessus du récipient.

2. Passe le jaune d'une moitié de coquille à l'autre en laissant s'écouler le blanc et mets-le dans un autre bol.

Battre les blancs d'œufs en neige

1. Après y avoir ajouté une pincée de sel, bats les blancs vivement avec un batteur électrique ou manuellement.

2. Poursuis le battage jusqu'à ce que les blancs deviennent fermes. Si tu bats trop longtemps, ils retomberont.

Préparer une pâte sablée

1. Cette pâte est couramment utilisée dans les recettes. Dépose des dés de beurre dans de la farine.

2. Du bout des doigts, saisis le mélange et émiette les dés de beurre tout en y incorporant la farine.

3. Continue d'écraser le beurre du bout des doigts pour obtenir un sablage homogène. Pour t'assurer que tu as bien réduit tous les dés, secoue un peu le bol. S'il reste des dés de beurre, ils remonteront à la surface.

Fabriquer une poche à douille

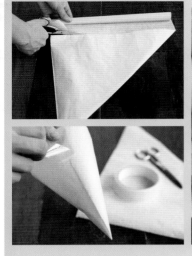

1. Découpe un carré de papier parchemin.
2. Arrondis-le sur lui-même pour former un cône bien pointu et fixe-le avec du ruban adhésif.

3. Coupe le bout pour laisser passer la crème ou le glaçage. Pour faire une ligne fine, fais un petit trou. Fais-en un plus gros en coupant un peu plus loin pour créer des motifs plus larges.

Battre le beurre en crème

1. Pour battre ensemble du beurre et du sucre, utilise du beurre que tu auras laissé ramollir à température ambiante.
2. Découpe le beurre en morceaux et verse-les dans un grand bol, par-dessus le sucre.

3. À l'aide d'un batteur électrique ou d'une cuillère en bois, bats ensemble le beurre et le sucre jusqu'à ce que le mélange blanchisse et produise une substance lisse, crémeuse et homogène.

Pétrir une pâte à pain

1. Avec une main, écrase la pâte à pain en l'étirant.

2. Replie la partie étirée sur le reste de la pâte et fais tourner la boule de pâte d'un quart de tour.

3. Répète cette suite d'opérations jusqu'à ce que la pâte devienne lisse et soyeuse. La pâte devra alors être couverte et mise à reposer afin de la laisser lever (voir p. 40).

Étaler une pâte

Pose la pâte sur un vaste plan de travail fariné et aplatis-la avec un rouleau.

Graisser un moule

Place une noisette de beurre sur du papier parchemin et enduis-en l'intérieur du moule.

Doubler un moule avec du papier parchemin

1. Trace les contours du moule sur du papier parchemin et découpe-le en laissant un surplus pour les bords.

2. Dispose le papier à l'intérieur du moule. Replie-le proprement dans les coins et découpe tout ce qui dépasse.

Pour le DÉJEUNER

Ingrédients

- 4 gros œufs
- 1 tasse de lait
- ¼ de cuillerée à thé de cannelle en poudre
- 4 tranches de pain blanc épaisses, coupées en triangles
- 2 cuillerées à soupe d'huile de tournesol
- ⅔ tasse de bleuets
- Du sirop d'érable

Ustensiles

- Un fouet
- Un bol
- Un plat peu profond
- Une poêle et une spatule

Un délice universel : le pain doré

Appréciée dans de nombreux pays du monde, cette préparation est un plat de Noël au Portugal, et de Pâques en Espagne et au Brésil.

Pour 2 personnes — 10 minutes — 10 minutes

1

Casse les œufs dans un bol. Ajoute le lait et la cannelle et bats le tout ensemble.

2

Verse ce mélange dans un plat peu profond. Mets-y les tranches de pain à tremper pendant environ 30 secondes, le temps qu'elles s'imprègnent bien du mélange.

3

Dans la poêle, fais chauffer une demi-cuillerée d'huile de tournesol à feu doux. Avec la spatule, dépose délicatement dedans deux triangles de pain.

4

Fais frire les triangles sur les deux faces jusqu'à ce qu'ils deviennent dorés. Répète les étapes 3 et 4 pour le reste des tranches de pain.

5

Sers le pain doré chaud, avec des bleuets et du sirop d'érable. Tu peux aussi essayer avec du beurre et de la confiture. C'est délicieux!

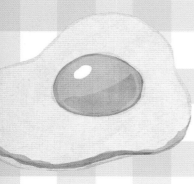

Quatre manières de préparer les œufs

Essaie ces façons classiques de préparer les œufs.

1

Œufs à la coque, œufs mollets ou œufs durs

Les œufs bouillis sont faciles à préparer. Comment les préfères-tu? À la coque, mollets ou durs?

Ingrédients

Cette recette est pour 1 personne. Elle nécessite 2 minutes de préparation et 4 à 8 minutes de cuisson.

- *1 œuf frais*
- *1 tranche de pain découpée en mouillettes, grillée ou non et beurrée*

Préparation

- Remplis d'eau une petite casserole et, à l'aide d'une grande cuillère, place dedans l'œuf frais. Demande à un adulte de mettre l'eau à bouillir.

- Une fois que l'eau a atteint l'ébullition, baisse le feu de façon à maintenir l'eau frémissante. Respecte les temps de cuisson suivants en fonction du type de cuisson désiré :
  – *œuf à la coque : 4 minutes ;*
  – *œuf mollet : 6 minutes ;*
  – *œuf dur : 8 minutes.*

- Une fois cuit, retire l'œuf de la casserole avec la cuillère. Place-le dans un coquetier. Casse le sommet de la coquille avec le dos d'une petite cuillère et ôte-le. Tu n'as plus qu'à servir avec des mouillettes.

2

Œufs brouillés

Les œufs brouillés sont délicieux servis tels quels pour un déjeuner chaud. Mais tu peux ajouter divers ingrédients, comme du bacon, par exemple.

Ingrédients

Cette recette est pour 1 personne. Elle nécessite 2 minutes de préparation et 8 minutes de cuisson.

- *1 tranche de bacon*
- *1 cuillerée à soupe de lait*
- *1 œuf*
- *Une noisette de beurre*
- *Du basilic déshydraté*
- *1 tranche de pain grillée et beurrée*

Préparation

- Demande à un adulte de faire cuire le bacon. Puis, découpe-le en lamelles à l'aide d'un couteau et d'une fourchette.

- Dans un petit bol en verre, bats l'œuf et le lait avec un fouet jusqu'à obtenir un mélange crémeux.

- Dans une petite poêle à frire, sur feu moyen, fais fondre le beurre et ajoute le mélange lait-œuf battu. Remue sans cesse jusqu'à ce que l'œuf soit tout juste cuit mais encore crémeux. Ajoute les lamelles de bacon et mélange à la cuillère en bois.

- Saupoudre un peu de basilic déshydraté sur les œufs et sers sur une tranche de pain grillé.

De toutes sortes et de toutes tailles !

La plupart des œufs que nous consommons sont pondus par des poules, mais pour la cuisine, tu peux en acheter de différentes sortes. Goûtes-en plusieurs!

On pourrait faire entrer *24 œufs de poule* dans un œuf d'autruche

Caille

Canard

Poule

Oie

Autruche

3

Œufs pochés

Voici une façon amusante de faire cuire un œuf. Mais il te faudra l'aide d'un adulte, car le coup de main est un peu délicat à prendre.

Ingrédients

Cette recette est pour 1 personne. Elle nécessite 1 minute de préparation et 1 à 2 minutes de cuisson.

• *1 œuf ; il doit être bien frais pour obtenir les meilleurs résultats.*

• *1 muffin anglais blanc, coupé en deux, grillé et beurré au moment du service.*

Préparation

• Remplis d'eau une casserole large et peu profonde et demande à un adulte de la mettre à chauffer.

• Lorsque l'eau commence à frémir, utilise le manche d'une écumoire pour faire tourner l'eau en tourbillon.

• Casse l'œuf dans une petite coupe et, de là, fais-le glisser ensuite délicatement au centre du tourbillon.

• À l'aide du manche de l'écumoire, maintiens l'eau en mouvement rotatif pendant toute la cuisson, afin que l'œuf prenne une belle forme arrondie.

• Une fois cuit, sors l'œuf de l'eau à l'aide de l'écumoire (utilisée dans le bon sens, cette fois). Égoutte-le sur une feuille d'essuie-tout et dépose le sur le demi-muffin anglais grillé.

4

Œufs sur le plat

On les appelle aussi œufs frits. C'est une façon simple et rapide de préparer un petit déjeuner nourrissant. Tu peux le servir tel quel ou bien sur un petit pain ou du pain grillé.

Ingrédients

Cette recette est pour 1 personne. Elle nécessite 1 minute de préparation et 2 à 4 minutes de cuisson.

• *1 cuillerée à soupe d'huile de tournesol*

• *1 œuf*

• *1 petit pain coupé en deux et beurré*

Préparation

• Demande à un adulte de mettre à chauffer l'huile à feu moyen dans une poêle.

• Casse l'œuf dans un bol. Si des petits morceaux de coquille tombent dedans, ôte-les à l'aide d'une petite cuillère. Puis, verse délicatement l'œuf dans la poêle.

• L'œuf doit frire environ deux minutes à feu moyen. Si tu l'aimes bien cuit, il faudra le retourner pour le faire frire sur les deux faces.

• Sers ton œuf sur une moitié de petit pain coupé.

Ingrédients

- 2 cuillerées à soupe d'huile d'olive
- 6 cuillerées à soupe de sirop de maïs ou de miel liquide
- 2 ¼ tasses de flocons d'avoine
- 115 g de noisettes
- ¼ tasse de graines de citrouille
- 115 g de tranches de bananes séchées réduites en petits morceaux
- ¾ tasse de raisins secs
- Du lait ou du yogourt nature

Ustensiles

- Une grande casserole
- Une cuillère en bois
- Un grand bol
- Une plaque à pâtisserie
- Des gants de cuisine
- Une boîte hermétique pour la conservation après préparation

Muesli fruité

Pour tenir sans faiblir toute la matinée, il te faut un déjeuner consistant. Ce délicieux muesli devrait te maintenir rassasié au moins jusqu'à l'heure de la collation. Tu peux remplacer les raisins secs par des bleuets ou des canneberges séchées.

Mets le four à préchauffer à 200 °C (400 °F). Fais chauffer l'huile et le sirop de maïs (ou le miel) dans une grande casserole à feu doux.

Verse le mélange huile-sirop chaud sur les flocons d'avoine, les noisettes et les graines de citrouille dans un bol.

Étale ensuite ce mélange sur une plaque à pâtisserie et place-le au four pendant 10 minutes, jusqu'à ce que les céréales prennent une jolie couleur dorée.

Laisse ensuite le mélange refroidir sur le plateau, puis verse-le dans un bol (que tu auras lavé entre-temps). Ajoute la banane séchée et les raisins secs et mélange bien.

Pour la conservation

Garde ton muesli dans une boîte hermétique et consommes-en régulièrement au déjeuner. Et ne sois pas égoïste ! Partage-le avec ta famille et tes amis.

5

Sers ton muesli dans des bols avec du lait ou du yogourt nature.

Boissons fouettées au yogourt

Les boissons fouettées sont très amusantes à préparer et délicieuses à boire. Tu peux en créer de toutes sortes en variant les textures et les parfums, en utilisant différents fruits et en y ajoutant des flocons d'avoine pour les rendre plus consistantes.

Voici trois recettes :

Pour 3 personnes   7 minutes

Boisson fouettée banane-mangue

Ingrédients

- ³/₄ tasse de lait
- ¹/₂ tasse de yogourt nature
- 2 petites bananes tranchées
- 1 petite mangue, coupée en morceaux

Ustensiles

- Une planche à découper
- Un couteau bien aiguisé
- Un mélangeur

Préparation

- Même chose que pour la boisson fouettée bleuets-orange-fraises.

Boisson fouettée pêche-fruits rouges

Ingrédients

- ¹/₂ tasse de lait
- ¹/₂ tasse de yogourt nature
- 2 pêches en tranches
- 75 g de framboises
- 75 g de fraises équeutées
- 1 cuillerée à soupe de flocons d'avoine

Ustensiles

- Une planche à découper
- Un couteau bien aiguisé
- Un mélangeur

Préparation

- Même chose que pour la boisson fouettée bleuets-orange-fraises.

Boisson fouettée bleuets-orange-fraises

Ingrédients

- ¹/₂ tasse de jus d'orange
- ¹/₂ tasse de lait
- ¹/₂ tasse de yogourt nature
- 1 tasse de bleuets
- 1 tasse de fraises, équeutées
- 3 cuillerées à soupe de flocons d'avoine
- ¹/₂ cuillerée à thé d'extrait de vanille (optionnel)

Ustensiles

- Une planche à découper
- Un couteau bien aiguisé
- Un mélangeur

Préparation

- Réunis tous les ingrédients dans un mélangeur et mets l'appareil en marche à vitesse moyenne, puis haute pour obtenir un mélange bien lisse et homogène.

- Verse le mélange dans trois grands verres et sers-les tels quels.

- Une boisson fouettée doit être consommée rapidement, sinon elle s'épaissit et ses ingrédients se séparent.

Un truc collant

Dans cette recette, ce sont le sucre et la mélasse qui collent les ingrédients entre eux et rendent les barres de céréales incroyablement moelleuses et compactes.

Barres de céréales

Les barres de céréales sont idéales pour le déjeuner
ou comme collation.

Une fois que tu maîtriseras cette recette, imagine des variantes
avec des noix et des fruits différents.

Pour 12 personnes — 15 minutes — 30 minutes

Ingrédients

- 8 cuillerées à soupe de beurre non salé
- $\frac{1}{2}$ tasse de cassonade
- $\frac{1}{2}$ tasse de sirop de maïs ou de miel liquide
- 2 tasses de flocons d'avoine
- $\frac{3}{4}$ tasse de raisins secs
- 50 g d'un mélange de noix concassées (par exemple noix, noisettes, noix de cajou, noix du Brésil, pistaches, etc.)

Ustensiles

- Un moule à gâteau de 30 x 23 x 4 cm
- Du papier parchemin
- Une cuillère en bois
- Une casserole
- Un bol
- Un presse-purée

1

Fais préchauffer le four à 150 °C (300 °F).
Graisse ton moule à gâteau avec un peu
de beurre, puis place à l'intérieur deux feuilles
de papier parchemin.

2

Fais fondre ensemble le beurre, la cassonade et le
sirop de maïs (ou le miel liquide) dans une casserole, à
feu doux.

3

Réunis les autres ingrédients dans
un bol. Verse par-dessus le mélange de beurre et
de cassonade et remue bien le tout.

4

Étale le mélange uniformément dans
le moule et, à l'aide d'un presse-purée, tasse-le
bien fermement afin que les ingrédients se collent
bien les uns aux autres. Fais cuire au four de 20 à
30 minutes jusqu'à ce que le mélange dore.

5

Une fois cuit, sors le gâteau ainsi obtenu du
four et laisse-le refroidir 5 minutes. Puis, en
plaçant le moule sur un torchon pour
l'empêcher de glisser, découpe le gâteau en
12 barres. Démoule-les seulement lorsqu'elles
auront refroidi et seront fermes.

Pour combler les PETITS CREUX

Tomates farcies au taboulé

Les salades sont idéales pour les repas légers d'été et peuvent aussi être consommées en guise d'entrée. Cette super salade est faite d'ingrédients pleins de saveur et sera du plus bel effet dans les assiettes de tes convives. Un régal garanti!

Pour 4 personnes   30 minutes

Ingrédients

- 4 grosses tomates
- $\frac{2}{3}$ tasse de jus de tomate
- $\frac{3}{4}$ tasse de couscous
- $\frac{1}{2}$ tasse d'eau bouillante
  - 50 g de raisins secs
  - Quelques feuilles de basilic hachées
- Quelques feuilles de persil plat déchirées (optionnel)

Ustensiles

- Un couteau bien aiguisé
- Une planche à découper
- Une petite cuillère
- Un petit bol en verre
- Un grand bol en verre
- Une fourchette
- Une grande cuillère

1

Tranche le haut des tomates et vide-les à l'aide d'une grande cuillère. Récupère la chair, les graines et le jus dans un bol.

2

Verse l'eau bouillante sur le couscous dans un grand bol et laisse-le gonfler pendant 10 minutes. Ensuite, décolle les grains à l'aide d'une fourchette, puis verse la pulpe de tomate sur le couscous et mélange bien.

3

Ajoute les raisins secs, le basilic et le persil (si tu en utilises) et mélange le tout. Goûte et assaisonne à ton goût d'un peu de sel et de poivre noir.

4

Remplis l'intérieur des tomates avec la salade. Présente tes tomates avec le reste de salade et quelques feuilles de laitue croquante verte en garniture.

Pour 4 personnes · 30 minutes

Salade de thon et de fèves

Les salades sont excellentes parce qu'elles te procurent les cinq portions de fruits et légumes recommandées par jour. Celle que nous te proposons ici est pleine de bonnes choses et amusante à préparer.

Ingrédients

- 125 g de fèves congelées
- 400 g de thon en conserve à l'huile d'olive, égoutté
- 10 tomates cerises coupées en deux
- Une poignée de ciboulette fraîche, finement coupée
- Du poivre noir moulu
- 12 olives noires dénoyautées
- 1 laitue bien fraîche, de type romaine
- 2–3 petits oignons verts finement émincés

Pour la sauce

- 6 cuillerées à soupe d'huile d'olive extra vierge
- Une gousse d'ail finement coupée
- 2 cuillerées à soupe de jus de citron
- 1–2 cuillerées à thé de moutarde

Ustensiles

- Un grand bol en verre
- Une passoire
- Un pot en verre avec son couvercle
- 4 bols larges pour le service

Mets les fèves congelées à tremper pendant cinq minutes dans de l'eau chaude, puis égoutte-les dans une passoire. Réserve-les.

Pour préparer la sauce, verse tous les ingrédients qui la composent dans un pot en verre, assaisonne à ton goût de poivre noir, referme bien le pot et secoue ! Les ingrédients vont ainsi bien se mélanger et se lier.

Verse dans un bol le thon, les tomates et la moitié de la sauce. Ajoute la moitié de la ciboulette et le poivre. Mélange délicatement en ajoutant les olives et les fèves.

Dispose les feuilles de laitue au fond des bols et dépose par-dessus, à l'aide d'une cuillère, le mélange préparé. Arrose avec le reste de sauce et répartis par-dessus les oignons verts et le reste de la ciboulette.

24

Des variantes

Si tu n'aimes pas le thon, tu peux le remplacer par 400 g de jambon ou de blanc de poulet. Tu peux aussi remplacer les olives noires par des vertes.

Ingrédients

- 1 ¼ tasse de couscous
- 1 ¼ tasse de bouillon de légumes chaud
- ½ concombre
- 1 grenade de taille moyenne (pour gagner du temps, achète-la déjà égrénée – 2 sachets – si tu en trouves).

- Le zeste et le jus d'un citron
- 2 cuillerées à soupe d'huile d'olive
- 250 g de tomates cerises coupées en deux
- 1 petit oignon rouge finement émincé
- 200 g de fromage feta, émietté
- Une bonne poignée de feuilles de menthe, fraîches hachées.

Ustensiles

- 3 bols
- Une tasse à mesurer
- Une fourchette
- Une planche à découper
- Un couteau
- Une petite cuillère
- Une cuillère en bois

Salade pique-nique

Cette salade pleine de couleurs est délicieuse et idéale pour un pique-nique. Tu peux remplacer le fromage feta par ton fromage favori, qu'il s'agisse de cheddar, de mozzarella ou de brie. Et au passage, ajoute quelques autres ingrédients : pourquoi pas des olives, des poivrons et des petits oignons?

Mets le couscous dans un grand bol. Verse par-dessus le bouillon chaud et laisse-le gonfler pendant 5 minutes, jusqu'à ce que le liquide soit bien absorbé. Laisse refroidir.

Coupe le concombre en deux dans le sens de la longueur et retire les graines à l'aide d'une petite cuillère. Découpe-le ensuite en tranches fines.

Coupe la grenade en deux, et, en tenant chaque moitié au-dessus d'un bol, tape sur la coque à l'aide d'une cuillère en bois pour que les graines tombent dans le récipient.

Dans le couscous, verse le citron et l'huile d'olive et mélange bien. Ajoute les tomates, le concombre, l'oignon rouge, la feta et la menthe, puis les graines de grenade, que tu mélangeras délicatement pour ne pas les faire éclater.

Soupe aux tomates

Une soupe chaude peut faire une collation revigorante au cœur d'une froide matinée d'hiver ou une entrée facile pour un repas. Celle-ci est bien épaisse, crémeuse et garnie de petits croûtons grillés.

Pour 2-4 personnes

20 minutes

35 minutes

Ingrédients

- 1 petit oignon
- 1 petite carotte
- 4 cuillerées à soupe d'huile d'olive
- 1 gousse d'ail écrasée
- 1 cuillerée à soupe de farine
- 400 g de tomates concassées en boîte
- 1 cuillerée à soupe de purée de tomate
- 1 cuillerée à thé de feuilles de thym frais (optionnel)
- 2 tasses de bouillon de légumes
- Une pincée de sucre
- Un peu de jus de citron
- 2 tranches épaisses de pain blanc
- Du sel et du poivre fraîchement moulu

Ustensiles

- Un couteau bien aiguisé
- Un éplucheur
- Une planche à découper
- Une casserole de taille moyenne
- Une spatule en bois
- Un couteau à pain
- Une plaque à pâtisserie antiadhésive
- Des gants de cuisine
- Une louche
- Un mélangeur
- Des emporte-pièces

1

Épluche et découpe en morceaux l'oignon et la carotte. Mets le four à préchauffer à 220 °C (425 °F). Fais chauffer la moitié de l'huile d'olive dans la casserole, à feu moyen.

2

Verse la carotte et l'oignon découpés dans l'huile chaude et fais-les revenir pendant environ 5 minutes pour qu'ils ramollissent, en remuant de temps en temps. Ajoute l'ail et la farine, mélange et laisse cuire le tout 1 minute.

3

Ajoute dans la casserole les tomates, la purée de tomate, le thym, le bouillon et le jus de citron et porte à ébullition. Réduis le feu sous la casserole et laisse mijoter pendant 20 à 25 minutes.

4

Tandis que la soupe cuit, à l'aide d'emporte-pièces, découpe des formes dans le pain pour faire les croûtons. Étale-les sur une plaque à pâtisserie. Verse un filet d'huile d'olive et assaisonne les croûtons.

5

Avec tes mains, enduis bien les croûtons d'huile. Place-les au four pendant 8 à 10 minutes, jusqu'à ce qu'ils dorent et deviennent croustillants. Pour une cuisson uniforme, retourne-les au bout d'environ 4 minutes.

6

Avec une louche, transfère avec précaution la soupe chaude dans le mélangeur. Goûte-la, rectifie l'assaisonnement si nécessaire et mélange pour obtenir une texture lisse. Sers dans des bols avec les croûtons par-dessus.

Ingrédients

- 1 courge d'environ 1 kilo
- du sel
- du poivre noir fraîchement moulu
- 1 cuillerée à soupe d'huile d'olive
- 1 oignon haché
- 2 ½ tasses de bouillon de légumes chaud
- 2 cuillerées à soupe de miel

Pour accompagner la soupe :

- Une baguette de pain
- Du gruyère ou un autre fromage suisse

Ustensiles

- Une cuillère à soupe
- Un éplucheur
- Une plaque à pâtisserie
- Une cuillère en bois
- Un robot de cuisine
- Une grande casserole

Soupe à la courge musquée

Servie bien chaude, cette soupe est idéale pour les froides journées d'hiver. Elle est préparée ici à partir d'une courge musquée préalablement rôtie au four, mais tu peux aussi la faire avec de la citrouille.

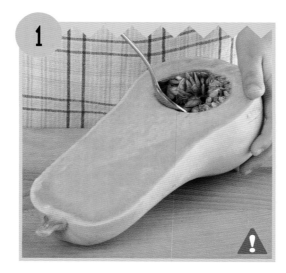

Préchauffe ton four à 200 °C (400 °F). Coupe la courge en deux dans le sens de la longueur, puis, à l'aide d'une cuillère, retire les graines et la pulpe molle qui les entoure.

Découpe la chair en gros morceaux, puis, à l'aide d'un éplucheur, ôte la peau. Recoupe les morceaux en cubes de 2 à 3 cm.

Étale les morceaux de courge sur une plaque à pâtisserie, assaisonne-les de sel et de poivre, puis verse un filet d'huile d'olive. Mets-les à rôtir pendant 20 minutes, puis sors-les du four.

Ajoute les oignons et mélange bien. Replace le tout au four pendant encore 15 minutes.

Transfère ensuite le mélange courge-oignons rôtis dans un robot avec la moitié du bouillon de légumes et broie l'ensemble jusqu'à obtenir un mélange onctueux.

6

Verse ensuite la purée obtenue dans une grande casserole avec le reste du bouillon de légumes et le miel. Fais mijoter le tout 3 à 4 minutes et sers avec des tranches de baguette grillée et du gruyère râpé.

4 Pour 4 personnes   15 minutes   40 minutes

L'art de faire du pain

Cette recette est facile et intéressante à réaliser. Tu pourras te servir de la pâte pour préparer une grosse miche traditionnelle ou bien de délicieux petits pains (tu peux en faire huit avec les quantités indiquées ici).

Des petits pains

Lors de l'étape 5, divise la pâte en huit boules. Place-les sur une feuille de papier parchemin graissée et aplatis-les un petit peu. Recouvre-les d'un torchon propre et laisse-les lever et reposer pendant 30 minutes. Mouille-les d'un peu de lait sur le dessus avec un pinceau et place-les au four 20 minutes.

Ingrédients

- 1½ cuillerée à thé de levure active sèche
- 1 cuillerée à thé de sucre
- 1½ tasse d'eau tiède
- 3⅔ tasses de farine à pain blanche
- 2 cuillerées à thé de sel
- Du beurre

Ustensiles

- Un moule en métal pour un pain de 500 g
- Un tamis
- Un grand bol
- Du film étirable
- Une grille de refroidissement

Pour 1 miche — 1¾ heure — 30 minutes

Graisse légèrement le moule à pain avec du beurre et mets-le de côté. Verse la levure, le sucre et un peu d'eau tiède dans un bol, mélange bien le tout et laisse-le reposer pendant 10 minutes dans un endroit chaud, jusqu'à ce que le mélange devienne mousseux.

Tamise la farine mêlée au sel dans le grand bol. Forme un puits au centre et verses-y le mélange de levure avec le reste d'eau tiède. Mélange bien le tout pour former une pâte. Pétris cette pâte pendant 10 minutes sur un plan de travail fariné.

Replace ensuite ta pâte dans le grand bol, recouvre le récipient d'un torchon propre et laisse-le reposer pendant une heure dans un endroit chaud. Fais ensuite retomber la pâte en la comprimant légèrement du poing pour faire éclater les grosses bulles d'air qui s'y sont formées.

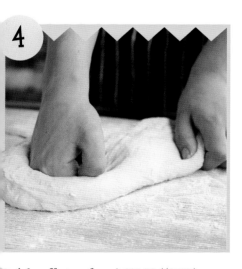

Préchauffe ton four à 220 °C (425 °F). Pendant ce temps, pétris à nouveau ta pâte légèrement sur un plan de travail fariné.

La pâte va DOUBLER de volume !

Donne-lui grossièrement la forme d'un rectangle et replie les bords par en dessous pour la faire entrer dans le moule à pain. Recouvre la pâte à nouveau avec le torchon et laisse-la reposer dans un endroit chaud pendant encore 30 minutes.

Place ensuite le moule bien au centre du four. Laisse cuire 30 minutes, jusqu'à ce que le pain ait levé et soit devenu doré. Une fois sorti du four, démoule ton pain, retourne-le et tape la croûte : le pain doit sonner creux. Place-le sur une grille de refroidissement.

Pain italien

Ce pain tout simple, appelé *focaccia* par les Italiens, ressemble à la fougasse provençale et peut être parfumé d'herbes aromatiques, de fromage, de tomates séchées au soleil ou d'olives. C'est si bon que tu en redemanderas!

Ingrédients

- 2½ tasses de farine à pain blanche
- ½ cuillerée à thé de sel
- Un sachet de 7 g de levure sèche instantanée
- ¾ tasse d'eau chaude
- 4 cuillerées à soupe d'huile d'olive
- 6 tomates cerises coupées en deux
- 6 olives noires en rondelles
- Du gros sel de mer pour saupoudrer
- Des feuilles de romarin

Ustensiles

- Un tamis
- Un bol
- Une grande cuillère métallique
- Une plaque à pâtisserie
- Un torchon propre humide
- Un rouleau à pâtisserie
- Des gants de cuisine

Huile légèrement une plaque à pâtisserie et mets-la de côté. Tamise la farine dans un bol, ajoute le sel et mélange la levure sèche au moyen d'une grande cuillère métallique.

Forme un puits au centre de la farine à l'aide de la grande cuillère. Verses-y l'eau chaude et 3 cuillerées à soupe d'huile d'olive et mélange bien jusqu'à ce que le tout forme une pâte lisse.

Dépose la pâte sur un plan fariné. Pétris-la 10 minutes jusqu'à ce qu'elle devienne élastique. Place-la ensuite dans un grand bol, recouvre-la d'un torchon humide et laisse-la lever dans un endroit chaud pendant 1 heure.

Puis fais retomber la pâte pour supprimer les grosses bulles d'air, et place-la sur ton plan de travail fariné. Étale-la de façon à ce qu'elle prenne une forme rectangulaire d'environ 1 cm d'épaisseur.

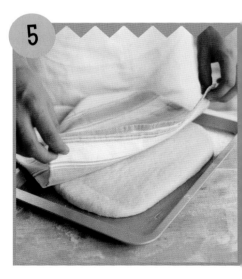

Dépose la pâte sur la plaque huilée et recouvre-la d'un torchon humide et propre. Laisse reposer la pâte dans un endroit chaud pendant 30 minutes pour qu'elle lève.

Préchauffe ton four à 200 °C (400 °F).
Du bout du doigt, fais des petits creux
sur toute la surface de la pâte levée.

Verse un filet d'huile d'olive (1 cuillerée à
soupe) et place dans les petits creux les feuilles
de romarin, les tomates et les olives.

Saupoudre toute la surface de gros sel de mer en
insistant dans les creux restés vides. Fais cuire au four
sur la grille du milieu pendant 20 à 25 minutes jusqu'à
ce que la pâte lève et dore. Ce pain est meilleur
consommé chaud.

Petits pains au graines de tournesol

Pour 4 personnes   140 minutes   35 minutes

Remplis ta cuisine d'une délicieuse odeur de pain chaud. Tu peux aussi faire griller des graines de tournesol pour les grignoter telles quelles pendant que le pain cuit.

Ingrédients

- 2 tasses de farine à pain blanche
- 1 tasse de farine de blé entier
- 1 cuillerée à thé de sel
- 1 cuillerée à thé de sucre
- 1 sachet de 7 g de levure sèche instantanée

- 1 tasse d'eau chaude
- 2 cuillerées à soupe d'huile d'olive extra vierge, et un peu plus pour huiler les pots
- ¾ tasse de graines de tournesol
- Un peu de lait

Ustensiles

- 4 pots à fleurs en terre cuite neufs de 11 x 10 cm
- Une tasse à mesurer
- Un grand bol
- Une plaque à pâtisserie
- Un sac en plastique
- Un pinceau de cuisine
- Une cuillère en bois

1

Nettoie bien les pots à l'eau claire. Préchauffe ton four à 200 °C (400 °F). Huile les pots à l'intérieur et à l'extérieur et passe-les 35 à 40 minutes dans le four préchauffé. Laisse-les refroidir et répète cette opération encore deux fois.

2

Dans un grand bol, verse la farine, le sel, le sucre et la levure. Forme un puits au centre de la farine et verses-y l'eau chaude et l'huile d'olive. Mélange pour obtenir une pâte souple et ferme.

3

Place la boule de pâte sur un plan de travail fariné et pétris-la bien pendant au moins 10 minutes (sers-toi d'un minuteur). Fais-toi aider par un adulte si tes mains et tes bras se fatiguent trop.

4

Creuse la pâte et incorpores-y les trois quarts des graines de tournesol. Malaxe la pâte pour bien les répartir dedans.

5

Sépare la pâte en quatre boules égales et place une boule dans chaque pot en terre cuite. Recouvre les pots d'un sac en plastique et laisse reposer jusqu'à ce que la pâte ait doublé de volume.

6

Étale un peu de lait au pinceau de cuisine sur le dessus des pains. Dispose par-dessus le reste des graines de tournesol, puis enfourne tes pains 35 à 40 minutes jusqu'à ce qu'ils dorent. Laisse-les refroidir dans les pots.

Ingrédients

- 1 tasse de farine
- 1 tasse de semoule de maïs
- 1 cuillerée à soupe de poudre à pâte
- 1 cuillerée à thé de sel
- 5 oignons verts finement émincés (optionnel)
- 1 tasse de maïs en conserve
- 2 œufs de calibre moyen
- 1¼ tasse de babeurre ou de yogourt nature
- ½ tasse de lait
- 4 cuillerées à soupe de beurre fondu et refroidi

Ustensiles

- Un moule à gâteau carré métallique de 20 cm de côté ou un moule rond en céramique de 20 cm de diamètre
- Un pinceau de cuisine
- Un grand bol
- Une cuillère en bois
- Une tasse à mesurer
- Un fouet
- Des gants de cuisine
- Un couteau bien aiguisé

Pain de maïs

Cette recette de pain de maïs est vraiment facile à exécuter. Le maïs et les oignons verts lui donnent une texture inhabituelle.

Graisse le moule à gâteau carré métallique ou le moule rond en céramique. La recette se prête bien aux deux types de moules. Préchauffe ton four à 200 °C (400 °F).

Dans un grand bol, verse la farine, la semoule de maïs, la poudre à pâte, le sel, les oignons verts émincés et le maïs en grains. Mélange bien le tout avec une cuillère en bois et mets cette préparation de côté.

Dans une grande tasse à mesurer, bats ensemble les œufs, le babeurre (ou le yogourt nature), le lait et le beurre fondu à l'aide d'un fouet jusqu'à obtenir un mélange bien homogène et mousseux.

Verse ensuite ce mélange dans le bol contenant la farine que tu as mise de côté plus tôt. Mélange bien ces ingrédients avec une cuillère en bois.

5

Transfère enfin ta préparation dans le moule graissé. Enfourne et laisse cuire 25 à 30 minutes jusqu'à obtenir un pain doré dont les bords commencent à se détacher du moule. Sors-le alors du four et laisse-le refroidir dans le moule avant de le découper en parts.

Pâte à pizza

Peut-on imaginer un mets plus populaire que la pizza, que ce soit pour le dîner ou le souper? La préparation de la pâte est facile. Les quantités indiquées ici permettent de faire assez de pâte pour quatre pizzas.

Pour 4 pizzas   1 heure

Ingrédients

- 3 ⅔ de farine à pain blanche
- Un sachet de 7 g de levure sèche instantanée
- Une pincée de sel
- 200 ml d'eau chaude
- 4 cuillerées à soupe d'huile d'olive

Ustensiles

- Un tamis
- Un grand bol en verre
- Une cuillère en bois
- Du film étirable
- Une plaque à pâtisserie ou un moule
- Un rouleau à pâtisserie

Tamise la farine dans un bol et ajoutes-y la levure et la pincée de sel. Fais un puits au centre et verses-y lentement l'eau chaude.

Mélange bien le tout avec une cuillère en bois, puis ajoute l'huile d'olive et continue de remuer jusqu'à ce qu'il forme une pâte souple.

Pétris énergiquement ta pâte en la repliant à chaque fois sur elle-même. Procède ainsi jusqu'à ce qu'elle devienne souple et élastique.

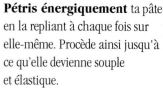

La pâte doit devenir souple et élastique.

Place la boule de pâte dans un bol, recouvre de film étirable et laisse reposer dans un endroit chaud pendant 30 à 40 minutes ou jusqu'à ce qu'elle ait doublé de volume.

Dépose ensuite la pâte sur un plan de travail fariné et pétris-la pour chasser les grosses bulles d'air. Replie-la sur elle-même et pétris-la encore.

6

Divise ta pâte en quatre boules. Avec le rouleau à pâtisserie, étale chaque boule sur ton plan fariné pour qu'elle fasse 1 cm d'épaisseur environ. Dépose-la sur une plaque à pizza ou dans un moule en métal. Il ne te reste plus qu'à garnir tes pizzas, ce que tu peux faire de différentes manières.

Ci-dessous, la pizza a été garnie de trois cuillerées à soupe de purée de tomate, de trois tomates fraîches tranchées, de 150 g de mozarella en morceaux et de feuilles de basilic fraîches.

Place tes pizzas 15 à 20 minutes dans un four préchauffé à 180 °C (350 °F) jusqu'à ce que la croûte dore et que le fromage fonde et bouillonne.

Quatre manières de préparer des pizzas

Essaie ces recettes d'inspiration classique ou plus modern

1

Pizza aux tomates cerises

Voici une combinaison classique d'ingrédients et de saveurs. Dans les pizzerias, une pizza comme celle-là figurerait parmi les plus commandées !

Ingrédients

• Une boule de pâte à pizza (recette pages 40-41)

• 2 à 3 cuillerées à soupe de purée de tomate ou de passata

• Une boule de mozzarella

• 1 barquette de petites tomates cerises

• Des feuilles de basilic fraîches, pour le service

Préparation

• Étale ta pâte à pizza sur un plan de travail fariné afin de former un cercle de la taille de ton moule ou de ta plaque à pizza.

• Avec le dos d'une grande cuillère, étale la purée de tomate sur la pâte.

• Découpe soigneusement la mozzarella en fines tranches.

• Répartis les tranches de mozarella sur la pizza (en les faisant se chevaucher), puis répartis les tomates cerises sur le fromage.

• Mets ta pizza à cuire dans un four préchauffé à 180 °C (350 °F) pendant 20 minutes.

• Garnis de quelques feuilles fraîches de basilic au moment de servir.

2

Bouchées hawaiiennes

Voici des petites pizzas appétissantes à base de jambon et d'ananas. Attention : elles risquent d'être englouties très vite ! Alors mets-en quelques-unes de côté si tu veux y goûter.

Ingrédients

• Une boule de pâte à pizza (recette pages 40-41)

• 2 à 3 cuillerées à soupe de purée de tomate ou de passata

• 250 g de morceaux d'ananas en boîte, bien égouttés

• 60 g de jambon blanc coupé en petits morceaux

• 1 ½ tasse de mozzarella râpée

Préparation

• Sur un plan de travail fariné, divise ta boule de pâte à pizza en 12 petites boules. Aplatis-les en petits cercles d'environ 8 cm de diamètre.

• Avec le dos d'une grande cuillère, étale de la purée de tomate sur tes pizzas.

• Garnis-les de deux morceaux d'ananas et de quelques carrés de jambon.

• Répartis un peu de mozzarella râpée sur chacune.

• Mets tes pizzas à cuire dans un four préchauffé à 180 °C (350 °F) pendant 15 minutes.

Un choix très vaste

Regarde ce que tu as dans tes armoires et ton réfrigérateur et à partir de cela, essaie de composer tes propres garnitures de pizzas. Voici quelques suggestions parmi un immense choix de possibilités.

Anchois

Jeunes feuilles d'épinards

Poivrons émincés

Ananas

Olives

Petits piments

Pepperoni

Tomates cerises

3

4

Un délice aux champignons

Pour les grands amateurs de pizzas, voici une version qui plaira à coup sûr. Le mélange champignons et mozzarella fond dans la bouche.

Ingrédients

- 1 cuillerée à soupe d'huile d'olive
- 125 g de champignons blancs frais, coupés en tranches fines
- Une boule de pâte à pizza (recette pages 40-41)
- 2 à 3 cuillerées à soupe de purée de tomate ou de passata
- Une boule de mozzarella

Préparation

- Fais chauffer l'huile dans une poêle et fais-y revenir les champignons pendant 2 minutes.
- Étale ta pâte à pizza sur un plan de travail fariné en un cercle de la taille de ton moule ou de ta plaque à pizza.
- Avec le dos d'une grande cuillère, étale la purée de tomate sur la pâte.
- Découpe soigneusement la mozzarella en fines tranches.
- Répartis la mozzarella et les champignons sur la pizza.
- Mets ta pizza à cuire dans un four préchauffé à 180 °C (350 °F) pendant 20 minutes.

Des pizzas friandises

Ces petites pizzas amuseront tout le monde pour une fête ou un pique-nique. Le mélange poivron-tomates est délicieux.

Ingrédients

- Une boule de pâte à pizza (recette pages 40-41)
- 2 à 3 cuillerées à soupe de purée de tomate ou de passata
- 150 g de mozzarella râpée
- Un demi-poivron jaune émincé
- 6 tomates cerises rouges coupées en deux
- 6 tomates cerises jaunes coupées en deux

Ustensiles spéciaux

- Des piques alimentaires allant au four

Préparation

- Sur un plan de travail fariné, divise ta boule de pâte à pizza en 12 petites boules. Aplatis-les en petits cercles d'environ 8 cm de diamètre. Plante une pique dans chaque cercle de pâte.
- Avec le dos d'une grande cuillère, étale la purée de tomate sur chaque pizza.
- Garnis tes pizzas de mozzarella râpée, de poivron et des deux sortes de tomates.
- Mets tes pizzas à cuire dans un four préchauffé à 180 °C (350 °F) pendant 15 minutes.

Club sandwichs

Ces copieux sandwichs à trois niveaux réunissent du jambon, du poulet et du fromage.
Mais tu peux choisir n'importe quel autre ingrédient à ton goût pour les garnir.
Les seules limites sont celles de ton imagination… et de ta gourmandise!

Pour 4 personnes   10 minutes

Ingrédients

- 6 tranches de pain blanc (tu peux utiliser le pain de la recette de la page 32)
- 4 cuillerées à soupe de mayonnaise
- 1 cuillerée à soupe de jus de citron
- 50 g de laitue iceberg, émincée
- 2 tranches de jambon
- 2 tranches de fromage suisse ou de cheddar
- 1 tomate tranchée
- 50 g de blanc de poulet cuit, tranché

Ustensiles

- Un couteau à pain
- Une planche à découper
- Un petit bol
- Une cuillère métallique
- Des cure-dents

Grille légèrement le pain des deux côtés dans un grille-pain ou sous le gril d'un four préchauffé à température moyenne (demande l'aide d'un adulte). Retire les croûtes.

Dans un petit bol, mélange le jus de citron et la mayonnaise. Assaisonne à ton goût, puis ajoute la laitue émincée.

Répartis sur 2 tranches de pain grillé la moitié de la laitue-mayonnaise.

Place par-dessus une tranche de jambon, puis une tranche de fromage. Recouvre ensuite d'une tranche de pain, sur laquelle tu étaleras le reste de la laitue-mayonnaise.

Recouvre la laitue de quelques tranches de tomates, puis du poulet tranché. Pour finir, recouvre tes sandwichs avec les tranches de pain restantes.

Découpe chaque sandwich en quatre triangles et plante un cure-dent dans chacun d'eux pour les faire tenir.

Pitas garnies

Le tofu est un ingrédient nutritif aux usages variés.
La sauce utilisée dans cette recette lui donnera un bon goût
de barbecue ainsi qu'une couleur bien appétissante.

Dans un plat peu profond, mélange
ensemble tous les ingrédients de la marinade, et
mets-la de côté. Éponge bien le tofu avec un
essuie-tout et découpe-le en 8 longues tranches.

Place le tofu dans le plat avec la marinade.
À l'aide d'une cuillère, recouvre les tranches de tofu
de marinade jusqu'à ce qu'elles soient entièrement
enduites. Laisse le tofu mariner ainsi pendant
au moins une heure.

Enduis ta poêle à griller d'une bonne dose
d'huile d'olive, puis mets-la à chauffer à feu vif.
Dépose précautionneusement 4 tranches de tofu
dans la poêle.

Laisse cuire le tofu 4 minutes sur chaque côté,
ou jusqu'à ce qu'il soit bien doré. Pendant la cuisson,
étale dessus un peu plus de marinade. Fais griller le
reste du tofu de la même manière.

Ingrédients

- 250 g de tofu
- Un peu d'huile d'olive
- 3 feuilles de laitue romaine déchiquetées
- 2 oignons verts, pelés et coupés en longues lanières
- Une poignée de pousses de luzerne (optionnel)
- 4 pains pitas au blé entier, réchauffés au grille-pain ou au four

Pour la marinade

- 2 cuillerées à soupe de sauce chili douce
- 2 cuillerées à soupe de ketchup
- 2 cuillerées à soupe de sauce soja
- ½ cuillerée à thé de cumin en poudre

Ustensiles

- Un petit couteau bien aiguisé
- Une planche à découper
- Des essuie-tout
- Une cuillère à thé
- Un plat peu profond
- Une poêle à griller
- Une spatule ou des pinces de cuisine

5

Découpe soigneusement les pains pitas afin qu'ils forment une poche. Répartis dans chaque pain pita des feuilles de laitue, des lanières d'oignons, des pousses de luzerne et deux tranches de tofu.

Des variantes

Si tu n'aimes pas le tofu, des aiguillettes de poulet, de dinde, de porc ou de bœuf, constituent d'excellentes garnitures de remplacement pour tes pitas. Et pour les légumes, un mélange poivron, courgette et oignon peut aussi parfaitement faire l'affaire.

Ingrédients

- 1 concombre
- 2 branches de céleri
- 1 poivron rouge épépiné
- 1 poivron jaune épépiné
- 2 carottes
- 4 feuilles de laitue romaine
- 8 tomates cerises
- 4 petits bouquets de brocoli

Pour la trempette à la ciboulette

- 8 cuillerées à soupe de crème sure
- 3 cuillerées à soupe de de ciboulette émincée
- 2 cuillerées à thé de jus de citron

Pour la trempette au yogourt et à la menthe

- 250 g de yogourt nature
- ½ concombre râpé
- 2 cuillerées à thé de feuilles de menthe séchées
- Du sel et du poivre fraîchement moulu

Ustensiles

- Un couteau d'office
- Une planche à découper
- 8 gobelets colorés et un plateau (pour le service)
- 2 petits bols en verre
- 2 cuillères à soupe

Joli plateau de crudités

Ce petit mélange sain et coloré sera apprécié en toute occasion comme collation ou en accompagnement d'un plat léger.

Découpe soigneusement le concombre, les branches de céleri, le poivron et les carottes en bâtonnets.

Dispose les bâtonnets de légumes ainsi que les feuilles de laitue, les tomates cerises et le brocoli dans des gobelets colorés sur un plateau et mets-les de côté.

Mélange la crème sure, la ciboulette et le jus de citron dans un petit bol en verre. Transfère le mélange dans un gobelet coloré pour le service.

Dans un autre bol en verre, mélange le yogourt nature, le concombre râpé et les feuilles de menthe séchées. Goûte et assaisonne à ton goût avec du sel et du poivre. Sers dans un gobelet coloré.

Des variantes

Il existe beaucoup d'autres légumes
et d'autres sauces à essayer pour ton
plateau de crudités. Lave bien les
légumes avant de les préparer.

Quatre manières de préparer des hors-d'œuvre

Essaie ces délicieuses suggestions de bruschettas.

Bruschettas aux tomates cerises

Voici une délicieuse combinaison d'ingrédients et de saveurs. La mozzarella fond dans la bouche et les tomates sont juteuses.

Ingrédients

Cette recette est pour 4 personnes. Elle nécessite 5 minutes de préparation et 2 minutes de cuisson.

- *Une ciabatta tranchée*
- *125 g de mini-boules de mozzarella*
- *1 barquette de tomates cerises*
- *8 feuilles de basilic frais*

Préparation

- Passe les tranches de ciabatta sous le gril jusqu'à ce qu'elles dorent. Il se peut qu'il reste une ou deux tranches à la fin.
- Découpe soigneusement les tomates cerises en deux.
- Dispose les boules de mozzarella et les tomates cerises sur les tranches de ciabatta grillées.
- Ajoute deux petites feuilles de basilic sur chaque tartine.
- Tu peux servir tes bruschettas en portions individuelles ou les poser sur un grand plateau au centre de la table.

Bruschettas au jambon-fromage

Le goût salé du jambon et celui du fromage fondu font de ces bruschettas un délicieux hors-d'œuvre à déguster avec des amis ou en famille.

Ingrédients

Cette recette est pour 4 personnes. Elle nécessite 5 minutes de préparation et 4 minutes de cuisson.

- *Une ciabatta tranchée*
- *125 g de jambon*
- *170 g de cheddar*

Préparation

- Passe les tranches de ciabatta sous le gril jusqu'à ce qu'elles dorent. Il se peut qu'il reste une ou deux tranches à la fin.
- Découpe le jambon en minces bandes et le fromage en tranches assez épaisses.
- Dispose les tranches de fromage sur les tranches de ciabatta et ajoute le jambon en croisant les bandes.
- Passe à nouveau les bruschettas sous le gril pendant deux minutes ou jusqu'à ce que le fromage commence à faire des bulles. Attention à ne pas trop laisser cuire le jambon !
- Tu peux servir tes bruschettas en portions individuelles ou les poser sur un grand plateau au centre de la table.

Invente tes propres variantes

Une bruschetta est un hors-d'œuvre italien traditionnellement constitué de pain grillé frotté à l'ail, parfumé d'huile d'olive, salé et poivré. En garniture, tu peux aussi essayer les ingrédients ci-contre.

Fromage

Jeunes feuilles d'épinards

Poivron rouge

Basilic

Légumes rôtis

Salami

Tomates

3

Bruschettas au beurre de carottes

La garniture de beurre parfumé aux carottes fait de ces bruschettas un mets très apprécié. S'il te reste du beurre, tu peux le conserver quelques jours au réfrigérateur.

Ingrédients

Cette recette est pour 4 personnes. Elle nécessite 1 heure de préparation et 2 minutes de cuisson.

- *Une ciabatta tranchée*
- *1 oignon finement émincé*
- *4 carottes finement râpées*
- *1 cuillerée à thé de purée de tomate*
- *1 cuillerée à thé d'origan séché*
- *225 g de beurre*
- *Des feuilles de coriandre*

Préparation

- Fais revenir les oignons à feu moyen dans une cuillerée à café d'huile.

- Mélange les oignons, les carottes, la purée de tomate, l'origan et le beurre à l'aide d'un robot de cuisine.

- Place le mélange dans un grand bol, couvre-le et laisse-le au réfrigérateur pendant une heure.

- Passe les tranches de ciabatta sous le gril jusqu'à ce qu'elles dorent.

- Étale généreusement le beurre de carotte sur les tranches de ciabatta grillées et sers-les en portions individuelles ou pose-les sur un grand plateau au centre de la table.

- Tu peux garnir les bruschettas avec quelques feuilles de coriandre fraîches.

4

Bruschettas au fromage et au concombre

Ces bruschettas colorées et amusantes sont idéales pour un buffet de fête. Découpe le reste du concombre en bâtonnets pour les servir en accompagnement.

Ingrédients

Cette recette est pour 4 personnes. Elle nécessite 5 minutes de préparation et 4 minutes de cuisson.

- *Une ciabatta tranchée*
- *225 g de fromage à la crème*
- *1 concombre*

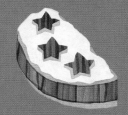

Préparation

- Passe les tranches de ciabatta sous le gril jusqu'à ce qu'elles dorent. Il se peut qu'il reste une ou deux tranches à la fin.

- Étale uniformément le fromage à la crème sur les bruschettas.

- Découpe un concombre bien lavé en lanières avec un couteau. Avec des petits emporte-pièces, découpe dedans de petites formes décoratives.

- Dispose les morceaux de concombre sur les bruschettas. Tu pourras les servir en assiettes individuelles ou sur un plateau

Les plats de RÉSISTANCE

Sers ton ragoût dans des petites cassolettes individuelles.

Petit ragoût d'agneau

Ce ragoût est un plat de résistance copieux. La viande d'agneau tendre, le bon jus des tomates, le croquant des pois chiches en font un mets des plus appétissants, à servir avec des petits pains croustillants.

Ingrédients

- 175 g de viande d'agneau maigre, dans le gigot ou le filet, coupée en dés de 2 cm
- ½ cuillerée à soupe de farine
- ¼ cuillerée à thé de paprika
- 1½ cuillerée à soupe d'huile d'olive
- ½ gros oignon rouge émincé
- 2 belles gousses d'ail émincées
- 200 g de pois chiches en conserve, égouttés et rincés
- 400 g de tomates en conserve découpées
- 125 g de jeunes feuilles d'épinards
- Du sel et du poivre
- Des petits pains croustillants pour le service (optionnel)

Ustensiles

- Un grand bol en verre
- Une grande casserole ou une marmite
- Une cuillère en bois
- 6 bols ou cassolettes pour le service

1

Mets les dés d'agneau dans un grand bol, saupoudre-les de farine et de paprika et mélange le tout avec les mains pour bien enrober les morceaux de viande.

2

Fais chauffer l'huile dans une marmite à feu moyen, ajoute les oignons et fais-les revenir pendant 5 minutes en les remuant. Ajoute l'agneau et fais-le sauter jusqu'à ce que les morceaux se colorent.

3

Verse ensuite l'ail et les pois chiches et laisse-les cuire une minute. Ajoute alors les tomates, porte le mélange à ébullition, puis laisse mijoter à feu doux pendant 15 minutes.

4

Assaisonne à ton goût avec du poivre noir moulu et du sel, puis ajoute les jeunes feuilles d'épinards dans la marmite et laisse encore cuire environ 3 minutes avant de servir.

Ingrédients

- 2 pommes
- 2 cuillerées à soupe d'huile d'olive
- 6–8 saucisses au poulet, au porc, au bœuf ou végétariennes
- 1 oignon émincé
- 1 carotte découpée en dés
- 2 gousses d'ail finement émincées
- 110 g de bacon, découpé en petits morceaux (optionnel)
- 1 cuillerée à thé d'herbes de Provence
- 400 g de haricots de variété borlotti ou pinto, en boîte, égouttés et rincés
- 4 cuillerées à soupe de tomates en conserve hachées
- 1 cuillerée à soupe de purée de tomate
- du sel et du poivre
- 2 tasses de bouillon de poulet ou de légumes

Ustensiles

- Un éplucheur
- Un couteau d'office
- Une planche à découper
- Une grande marmite avec couvercle pouvant aller au four ou bien une grande casserole et une grande cocotte avec couvercle
- Des gants de cuisine
- Une cuillère en bois
- Une tasse à mesurer
- Des pinces de cuisine

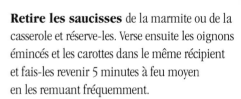

1

Pèle soigneusement les pommes à l'aide d'un éplucheur. Découpe-les en quartiers et ôtes-en le cœur. Puis découpe les quartiers en dés et réserve-les.

2

Préchauffe ton four à 200 °C (400 °F). Mets l'huile à chauffer dans une grande casserole ou une marmite pouvant aller au four et places-y les saucisses pendant 5 minutes environ en les tournant, jusqu'à ce qu'elles soient bien colorées.

3

Retire les saucisses de la marmite ou de la casserole et réserve-les. Verse ensuite les oignons émincés et les carottes dans le même récipient et fais-les revenir 5 minutes à feu moyen en les remuant fréquemment.

4

Ajoute ensuite l'ail, le bacon et les herbes de Provence, mélange bien et laisse cuire pendant 6 minutes. Si tu n'utilises pas une marmite pouvant aller au four, transfère la préparation dans une grande cocotte.

5

Ajoute les haricots, les tomates, la purée de tomate, les pommes et les saucisses et mélange le tout. Verse ensuite le bouillon par-dessus et porte la préparation à ébullition.

6

Couvre la marmite (ou la cocotte) et enfourne-la dans le four préchauffé. Laisse cuire 25 minutes. La sauce devrait réduire et épaissir et les dés de pommes se ramollir.

Ragoût de saucisses

Ce sont les fruits, en l'occurrence les pommes, qui confèrent à ce plat une douceur sucrée naturelle et une bonne teneur en vitamines. Tu peux servir ce plat d'hiver accompagné d'une purée légère et de légumes verts cuits à la vapeur.

Pour 4 personnes   20 minutes   45 minutes

7
    Sois prudent en sortant la marmite du four, car elle sera très chaude. Assaisonne ton plat avec du sel et du poivre avant de servir.

Pâtes au bœuf haché

4 Pour 4 personnes 5 minutes 10 minutes

Voici un plat facile à préparer pour toi et ta famille. Le mélange du bœuf et des champignons est tout simplement délicieux.

Ingrédients

- 1 petit oignon finement émincé
- 1/2 cuillerée à soupe d'huile d'olive
- Du poivre noir fraîchement moulu
- 250 g de viande de bœuf maigre, hachée
- 100 g de champignons blancs émincés
- Une pincée d'origan séché
- 1 gousse d'ail finement émincée
- 400 g de tomates en conserve hachées
- 1 cuillerée à soupe de purée de tomate
- 1 cuillerée à thé de pesto vert
- 200 g de pâtes tortiglioni

Ustensiles

- Une poêle à frire
- Une cuillère en bois

- Une casserole
- Une passoire

1

Fais revenir l'oignon dans l'huile à feu doux dans une poêle. Assaisonne-le de poivre noir, puis ajoute le bœuf haché et fais cuire le tout en remuant bien jusqu'à ce que la viande ait perdu sa couleur rose.

2

Ajoute les champignons, l'origan, l'ail, les tomates et la purée de tomates et mélange bien. Laisse mijoter 10 minutes à feu doux, puis ajoute le pesto.

3

Pendant ce temps, demande à un adulte de faire cuire les pâtes dans une casserole d'eau bouillante. Égoutte-les ensuite dans une passoire, mélange-les avec ta sauce à la viande et sers le tout.

Salade de pâtes à la tomate

Pas besoin de sauce pour accompagner cette salade de pâtes ! Elle est délicieuse et rapide à préparer. Les saveurs classiques de la tomate et du basilic s'accordent à la perfection.

Ingrédients

- 5 tomates épépinées et coupées grossièrement
- 2 gousses d'ail finement émincées
- Quelques feuilles fraîches de basilic
- 2 cuillerées à soupe d'huile d'olive extra vierge
- Poivre noir fraîchement moulu
- 200 g de pâtes farfalle
- Du parmesan fraîchement râpé pour le service

Ustensiles

- Un grand bol en verre
- Une cuillère en bois
- Une grande casserole
- Une passoire

1

Mets les tomates, l'ail, le basilic et l'huile d'olive dans un grand bol et assaisonne-les de poivre noir. Mélange bien ta préparation avec une cuillère en bois.

2

Demande à un adulte de faire cuire les pâtes dans une casserole d'eau bouillante. Ensuite, égoutte-les dans une passoire, puis mélange-les à tes tomates et sers le tout tel quel, sans plus de préparation.

4 Pour 4 personnes   5 minutes   10 minutes

Ingrédients

- 2 gros oignons rouges
- 2 grosses carottes
- 2 grosses courgettes
- 2 poivrons rouges épépinés
- 1 aubergine de taille moyenne
- 2 poivrons jaunes épépinés
- 4 cuillerées à soupe d'huile d'olive
- 2 cuillerées à thé de romarin frais
- 2 gousses d'ail écrasées
- 400 g de tomates en dés en conserve
- 1 cuillerée à soupe de purée de tomate
- 9 feuilles de pâtes à lasagnes
- Du sel et du poivre

Pour la sauce

- 4 cuillerées à table de beurre non salé
- 1/4 tasse de farine
- 2 tasses de lait chaud
- 1 1/4 tasse de parmesan râpé
- Du sel et du poivre

Ustensiles

- Une planche à découper
- Un couteau d'office
- Plat à rôtir
- Des gants de cuisine
- Une grande casserole
- Une cuillère en bois
- Une petite casserole
- Un fouet
- Un plat à lasagnes (de 25 x 18 cm x 5 cm environ)
- Une grande cuillère de service

Lasagnes végétariennes

Voici un plat qui plaît à tous ! Un repas à lui tout seul ! Mais notre préparation propose une variante pour changer un peu des lasagnes à la viande habituelles. Et rien ne t'empêche d'expérimenter avec d'autres saveurs.

Demande à un adulte de préchauffer le four à 220 °C (425 °F). Découpe les oignons en quartiers. Découpe également tous les autres légumes en morceaux.

Dans un plat à rôtir, mélange l'huile, le romarin et l'ail avec les légumes et assaisonne-les. Place le mélange au four pendant 35 minutes en remuant de temps en temps.

Fais chauffer doucement les tomates et la purée de tomate dans une grande casserole. Retire la casserole du feu et incorpore les légumes rôtis au mélange.

À feu doux, fais fondre le beurre dans une casserole. Ajoute la farine et laisse cuire 1 minute. Ajoute le lait en battant avec le fouet. Tourne jusqu'à ce que le mélange épaississe. Ajoute la moitié du parmesan et assaisonne.

5

Réduis la température du four à 190 °C (375 °F). Étale un tiers des légumes dans le fond du plat à lasagnes et recouvre-les de 3 bandes de lasagnes.

6

Répands un autre tiers de légumes, recouvre d'une autre couche de bandes de lasagnes. Ensuite étale par-dessus la moitié de la sauce puis le reste des légumes.

7

Pour finir, recouvre avec les bandes de lasagnes restantes et étale le reste de la sauce par-dessus. Saupoudre de parmesan et mets le plat au four pendant 35 minutes ou jusqu'à ce que le contenu bouillonne et dore.

6 Pour 6 personnes   50 minutes   1 heure 15 minutes

Autres idées d'accompagnement

Ajoute de la variété à ce repas léger en le servant accompagné d'un mélange de légumes cuits à la vapeur ou d'une salade fraîche du jardin avec des tomates cerises et des tranches de concombre.

Boulettes de riz

Voici un mets qui peut aussi bien tenir lieu de plat de résistance que d'entrée. Le moelleux du riz associé à la mozzarella fondue donne de délicieuses bouchées à la texture délicate.

Pour 4 personnes | 30 minutes | 5 minutes

Ingrédients

- 1 ¼ tasse de riz Arborio ou autre variété pour le risotto, cuit et froid
- Poivre noir fraîchement moulu
- 1 grosse boule de mozzarella, découpée en cubes
- 1 œuf battu
- 2 tranches de pain grillé réduites en chapelure
  - De l'huile d'olive pour faire frire les boules
  - De la sauce salsa
  - De la salade verte

Ustensiles

- Un bol en verre
- Une grande assiette
- Une grande cuillère
- Un petit bol
- Un grand plat
- Une grande casserole
- Un tamis
- Des essuie-tout

1

Assaisonne généreusement le riz cuit avec du poivre noir et mélange avec une cuillère pour bien répartir le poivre. Forme 12 boules de taille égale avec le riz.

2

Creuse un trou dans chaque boule de riz. Insère un dé de mozzarella au cœur de la boule, puis referme le trou afin d'enfermer le fromage dans le riz.

3

Enrobe complètement les boules de chapelure

Plonge chaque boule de riz dans l'œuf battu et roule-la ensuite dans de la chapelure (du pain réduit en miettes fines à l'aide d'un robot – voir page 9).

4

Sous le contrôle d'un adulte, fais frire les boules de riz dans de l'huile d'olive à feu moyen, pendant 2 à 3 minutes, jusqu'à ce qu'elles soient dorées. Sors-les de l'huile et laisse-les égoutter sur les essuie-tout. Sers-les accompagnées de feuilles de salade et de sauce salsa.

Jambalaya créole

Voici une recette colorée d'origine cajun, tout droit venue de
Louisiane, aux États-Unis. Elle est facile à préparer, car tous les ingrédients
sont cuisinés dans le même récipient.

Pour 4 personnes   20 minutes   50 minutes

Ingrédients

- 1 ½ tasse de riz brun
- 1 gros oignon émincé
- 6 blancs de poulet sans la peau
- 200 g de jambon fumé
- 2 cuillerées à soupe d'huile d'olive
- 2 grosses gousses d'ail émincées
- 1 poivron rouge épépiné et coupé en dés
- 1 piment vert épépiné et finement émincé (optionnel)
- 1 cuillerée à thé de paprika
- 1 cuillerée à thé de feuilles de thym séchées
- 2 ½ tasses de bouillon de poulet ou de légumes chaud
- 3 cuillerées à soupe de tomates en conserve hachées
- ½ tasse de petits pois
- Du sel et du poivre

Ustensiles

- Une passoire
- Un couteau d'office
- Une planche à découper
- Une grande casserole avec son couvercle
- Une cuillère en bois

1

Verse le riz dans une passoire et rince-le abondamment sous l'eau froide jusqu'à ce qu'elle ressorte bien claire. Cette opération empêche les grains de coller à la cuisson

2

Émince l'oignon finement et réserve-le. Coupe soigneusement les blancs de poulet et le jambon fumé en petits morceaux. Mets l'huile à chauffer dans une grande casserole.

3

Fais revenir le poulet et les oignons dans l'huile pendant 8 minutes à feu moyen jusqu'à ce que la viande soit bien dorée. Remue fréquemment avec une cuillère en bois afin que le contenu ne colle pas.

4

Ajoute le jambon fumé, l'ail, le poivron rouge et le piment et laisse cuire pendant 2 minutes. Ajoute le paprika, le thym, le riz, le bouillon et les tomates. Mélange le tout et porte à ébullition.

5

Réduis le feu, place le couvercle et laisse mijoter pendant 35 minutes ou jusqu'à ce que le riz soit cuit et toute l'eau absorbée. Assaisonne et mélange bien avant de servir.

Quelques variantes

Cette recette peut être facilement adaptée pour les végétariens en remplaçant le poulet et le jambon par d'autres légumes, des saucisses sans viande, des haricots ou du tofu.

Salade de pommes de terre

Cette salade de pommes de terre toute simple est un classique. La sauce mayonnaise habituelle y est remplacée par une sauce crémeuse plus légère, parfumée à la ciboulette.

Ingrédients

- *500 g de pommes de terre nouvelles*
- *3 cuillerées à soupe de crème sure allégée*
- *3 cuillerées à soupe de yogourt allégé*
- *2 cuillerées à soupe de ciboulette fraîche coupée finement*

Ustensiles

- *Un couteau*
- *Une planche à découper*
- *Une casserole*
- *2 bols*
- *Une grande cuillère métallique*

Lave bien les pommes de terre. Assure-toi qu'aucune trace de terre ne reste sur leur peau. Coupe les plus grosses en deux.

Mets les pommes de terre à cuire dans de l'eau bouillante légèrement salée pendant 12 à 15 minutes. Puis égoutte-les et laisse-les refroidir avant de les mettre dans un grand bol.

Dans un petit bol, mélange la crème sure, le yogourt et la ciboulette.

Verse cette sauce à la ciboulette sur les pommes de terre. Assaisonne à ton goût. Place ta préparation au réfrigérateur jusqu'au moment de servir.

Croquettes de poisson

En purée, bouillies, rôties, frites ou sautées, les pommes de terre peuvent être préparées de mille et une manières. Écrasées et mélangées à du poisson pour faire de croustillantes croquettes, elles fondent dans la bouche.

Ingrédients

- 250 g de filets d'aiglefin légèrement salé et fumé
- 1 feuille de laurier fraîche
- 1 ½ tasse de lait
- 375 g de pommes de terre non pelées, bouillies et écrasées
- 8 oignons verts finement émincés
- ⅔ tasse de maïs
- 4 œufs durs coupés en morceaux

- 2 cuillerées à soupe de persil frais, découpé
- 1 zeste de citron
- ½ tasse de crème sure
- 2 jaunes d'œufs
- 2 œufs entiers
- ¾ tasse de farine
- 1 tasse de chapelure (voir préparation en page 9)
- 1 cuillerée à soupe de beurre

- 2 cuillerées à soupe d'huile d'olive
- De la sauce salsa
- Des quartiers de citron

Ustensiles

- Une poêle peu profonde
- Un grand bol
- Une fourchette
- Une cuillère
- 2 petits bols en verre

- Un fouet
- Une planche à découper
- Un grand plat peu profond
- Une grande assiette
- Une poêle à frire
- Une spatule

1

Dans une poêle peu profonde, fais cuire les filets de haddock dans le lait avec la feuille de laurier. Laisse-les mijoter 5 à 10 minutes. Laisse le poisson refroidir, puis retire la peau et les éventuelles arrêtes et émiette la chair.

2

Mélange le poisson, les pommes de terre écrasées, les oignons verts émincés, le maïs, les œufs durs coupés, le persil et le zeste de citron. Dans un petit bol, bats la crème sure avec les jaunes d'œufs et ajoute cette préparation à ton mélange.

3

Sépare ton mélange en quatre portions égales et forme des croquettes aplaties. Passe-les dans de la farine étalée sur une assiette. Enrobe-les bien, puis secoue-les pour faire tomber la farine en trop.

4

Casse deux œufs dans un petit bol et bats-les. Transfère les œufs battus dans un plat large et peu profond. Trempes-y chaque croquette de façon à bien en imbiber la surface.

5

Passe les croquettes recouvertes d'œuf battu dans la chapelure pour bien les enrober.

6

Mets l'huile et le beurre à chauffer dans une poêle à frire et dépose-y délicatement les croquettes de poisson. Laisse-les cuire à feu doux pendant 4 à 5 minutes de chaque côté, jusqu'à ce qu'elles soient bien dorées.

Cassolettes de pommes de terre

Pour 4 personnes — 30 minutes — 1 heure

Voici un plat nourrissant, idéal pour calmer les grosses faims. Tu peux le préparer avec de la viande de bœuf, de porc, d'agneau, ou avec des produits de soja. Si tu ne disposes pas de quatre cassolettes, tu peux aussi le présenter dans un grand plat.

1 **Préchauffe ton four** à 200 °C (400 °F). Pèle l'oignon et émince-le. Épluche la carotte et coupe-la en dés. Pèle et écrase la gousse d'ail.

2 **Mets l'huile à chauffer** dans une casserole et fais-y revenir la viande de bœuf pendant 4 minutes environ, jusqu'à ce qu'elle brunisse, en la remuant sans cesse. Ajoute l'oignon, la carotte, le romarin et l'ail et laisse revenir encore 3 à 5 minutes.

3 **Ajoute les champignons,** le bouillon, la purée de tomate, la sauce Worcestershire et les tomates. Porte le tout à ébullition, puis réduis le feu et laisse mijoter 20 minutes. Assaisonne.

4 **Remplis à moitié** une casserole d'eau et porte-la à ébullition. Épluche, coupe les pommes de terre en morceaux et plonge-les dans l'eau bouillante salée. Laisse-les bouillir 12 à 15 minutes.

5 **Une fois cuites,** égoutte les pommes de terre dans une passoire, puis remets-les dans la casserole de cuisson. Écrase-les avec un presse-purée en les mélangeant avec le lait, le beurre et la moitié du fromage.

6 **Place les cassolettes** sur un plateau de cuisson et remplis-les uniformément avec la viande cuisinée. Recouvre ensuite chacune d'elles de purée de pommes de terre et saupoudre-les du reste de cheddar. Enfourne et laisse cuire 25 à 30 minutes environ jusqu'à ce que la purée dore.

Ingrédients

- 1 oignon
- 1 carotte
- 1 gousse d'ail
- 1 cuillerée à soupe d'huile d'olive
- 500 g de viande de bœuf maigre, hachée
- 2 cuillerées à thé de romarin haché (optionnel)
- 125 g de champignons blancs, coupés en quartiers
- ²/₃ tasse de bouillon de bœuf
- 1 cuillerée à soupe de purée de tomate
- 2 cuillerées à thé de sauce Worcestershire (optionnel)
- 400 g de tomates en boîte, hachées
- Du sel et du poivre pour l'assaisonnement

Pour la purée de pommes de terre

- 550 g de pommes de terre
- 1 pincée de sel
- 2 cuillerées à soupe de lait
- 1 cuillerée à soupe de beurre non salé
- 75 g de cheddar râpé

Ustensiles

- Des gants de cuisine
- Une planche à découper
- Un éplucheur
- Un couteau d'office
- Un presse-ail
- 2 grandes casseroles
- Une cuillère en bois
- Une passoire
- Un presse-purée
- Quatre cassolettes allant au four
- Un grand plat ou une plaque à pâtisserie
- Une fourchette
- Une cuillère à soupe

Pour 6 personnes

30 minutes

40 minutes

Tu peux servir ce plat avec de la sauce salsa et des chips de tortilla.

Chili con carne

Cette recette d'origine mexicaine pleine de caractère est plutôt épicée. Alors si tu préfères que ça ne pique pas trop, réduis la quantité de piment utilisée. Il s'agit d'un plat très nourrissant; la viande et les haricots sont pleins de protéines. Si tu ne consommes pas tout au cours du même repas, tu peux conserver sans problème les restes au réfrigérateur pour le lendemain.

Ingrédients

- 1½ gros oignon coupé en dés
- 250 g de viande de bœuf maigre, hachée
- 1 gousse d'ail finement émincée
- 1½ cuillerée à soupe d'huile d'olive
- ½ piment vert finement émincé
- ¼ cuillerée à thé de poudre de chili
- ¼ cuillerée à thé de paprika
- 400 g de haricots rouges en conserve, rincés et égouttés
- 1 feuille de laurier
- 400 g de tomates en dés en conserve
- ½ cuillerée à thé de feuilles d'origan séchées
- Du sel et du poivre pour l'assaisonnement
- Du riz basmati
- Des chips de tortilla et de la sauce salsa

Ustensiles

- Une poêle à frire
- Une cuillère en bois
- Une passoire
- Un bol en verre
- 4 ramequins ou petits plats pour le service

Fais chauffer l'huile dans une poêle et fais revenir les oignons et la viande pendant 5 minutes. Incorpore l'ail, le piment, la poudre de chili et le paprika. Mélange bien et laisse cuire 5 minutes.

Ajoute les haricots rouges et la feuille de laurier et laisse revenir le tout 2 minutes. Un petit rappel : sois toujours très prudent quand tu cuisines des plats chauds! Demande toujours l'aide d'un adulte.

Ajoute les tomates et l'origan. Porte le mélange à ébullition, assaisonne, puis réduis le feu et laisse mijoter à feu doux pendant 40 minutes. Remue de temps en temps.

Pendant ce temps, fais cuire du riz en suivant les conseils inscrits sur le paquet. Égoutte-le dans une passoire. Présente-le en accompagnement du chili con carne, après avoir pris soin d'ôter la feuille de laurier.

Ingrédients

- 250 g de viande de bœuf maigre, hachée
- 50 g de parmesan fraîchement râpé
- 1 tasse de chapelure fraîche
- 1 ½ cuillerée à soupe d'huile d'olive
- ½ gousse d'ail écrasée
- ½ oignon finement émincé
- 1 œuf
- 1 cuillerée à thé d'origan séché
- De l'huile d'olive pour la cuisson
- 16 petits pains miniatures
- 2 tomates finement tranchées
- Des feuilles de salade verte
- Du ketchup ou de la sauce salsa

Ustensiles

- Un bol en verre
- Une plaque à pâtisserie
- Du papier parchemin
- Une poêle à frire
- Une spatule
- Une planche à découper
- Un couteau
- Des brochettes en bois pour piquer les mini-hamburgers

Mini-hamburgers

Difficile de faire plus sympa que ces mini-hamburgers ! Prépare-les pour un brunch ou un repas-télé en famille ou avec tes copains. Bientôt, tout le monde te demandera d'en refaire!

Recouvre un plateau d'une feuille de papier parchemin. Avec des mains bien propres, mélange tous les ingrédients pour les hamburgers : la viande de bœuf, le fromage, la chapelure, l'huile, l'ail, l'oignon, l'œuf et l'origan.

Avec le mélange, fais des boulettes de la taille d'une noix environ et aplatis-les. Dispose-les sur le plateau et place le tout pendant 30 minutes au réfrigérateur. Lave-toi bien les mains après avoir touché la viande.

Fais frire les hamburgers 5 minutes sur chaque face dans de l'huile d'olive chauffée à feu moyen dans une poêle. Pique une fourchette dans la viande : si le jus qui en sort est clair, c'est qu'elle est cuite.

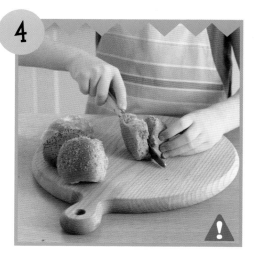

Coupe soigneusement les petits pains en deux. Garnis-les d'un hamburger cuit, d'une tranche de tomate, d'une feuille de salade et de ketchup ou de sauce salsa. Pique chaque sandwich d'une brochette pour le faire tenir.

Une variante
très appréciée

Ajoute à chaque hamburger
une tranche de cheddar : ça fera
des hamburgers au fromage !

6

Pour 6 personnes   30 minutes   15 minutes

Poulet barbecue

Ingrédients

- 2 cuillerées à soupe de ketchup
- 2 cuillerées à soupe de sauce soja
- 2 cuillerées à soupe de jus d'orange frais
- 1 cuillerée à soupe d'huile de tournesol
- 3 cuillerées à soupe de miel liquide
- 1 gousse d'ail écrasée
- 1 cuillerée à thé de moutarde
- 8 pilons de poulet

Ustensiles

- Un petit bol
- Un fouet
- Des essuie-tout
- Un couteau d'office
- Une planche à découper
- Du film étirable
- Des gants de cuisine
- Une plaque de gril recouverte d'aluminium
- Des pinces de cuisine
- Une cuillère à soupe
- Un grand plat d'environ 5 cm de profondeur
- Un bol

Si c'est une belle journée d'été, le mieux est de faire cuire cette viande sur un barbecue dans la cour. Mais le poulet sera également excellent cuit au gril à l'intérieur puisque c'est la marinade qui lui donne toute sa saveur.

Pour préparer la marinade, réunis tous les ingrédients, à l'exception des pilons de poulet, dans un bol et bats le tout pour bien mélanger. Verse ensuite ce liquide dans un grand plat peu profond.

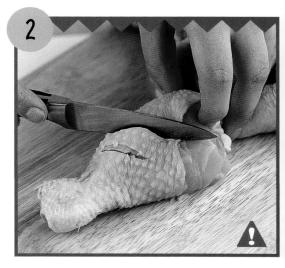

Éponge bien les pilons de poulet avec un essuie-tout. Avec un couteau, pratique 3 profondes entailles dans chacun. Cela permettra à la viande de mieux absorber la marinade.

Plonge les pilons dans le plat de marinade et roule-les dedans afin de bien les imbiber. Laisse-les ensuite mariner dans le plat recouvert de film étirable, pendant 1 heure au réfrigérateur.

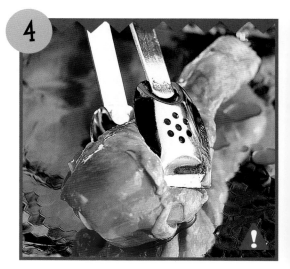

Préchauffe ton four à 180 °C (350 °F). Dépose les pilons (face non entaillée vers le haut) sur une plaque de gril recouverte d'une feuille d'aluminium. Récupère le reste de marinade dans un bol. Enfourne les pilons et laisse-les cuire 20 à 25 minutes en les arrosant de marinade à la mi-cuisson.

Pour 4 personnes   75 minutes   28-35 minutes

5

Ferme le four et allume le gril. Arrose à nouveau les pilons de marinade et finis de les faire cuire sous le gril pendant 8 à 10 minutes.

6

Retourne les pilons de poulet à mi-cuisson et arrose-les encore de marinade. En plus de rehausser la saveur du poulet, il sera tendre.

Laisse-les cuire jusqu'à ce que la peau soit croustillante.

Quatre manières de préparer des brochettes

Voici des recettes amusantes et faciles à cuisiner.

1

2

Saté de poulet

Voici une recette de brochettes populaire, d'origine indonésienne. La sauce « saté » qui l'accompagne, à base d'arachides, lui donne toute sa saveur.

Ingrédients

Cette recette est pour 4 personnes. Elle nécessite 20 minutes de préparation et 16 minutes de cuisson.

- *500 g de blancs de poulet*
- *¹/₂ lime, coupée en quartiers pour l'accompagnement*
- *Voir en page 82 les ingrédients pour préparer la sauce saté*

> *Pour qu'elles ne brûlent pas à la cuisson, mets toujours les brochettes en bois à tremper préalablement dans de l'eau froide pendant 30 minutes.*

Préparation

- Prépare une sauce saté dans un grand bol. Réserves-en une partie pour servir en accompagnement.
- Découpe les blancs de poulet en gros cubes de 4 cm et verse-les dans le bol de sauce saté. Laisse-les mariner au réfrigérateur pendant 1 heure.
- Pique les cubes de poulet sur de courtes brochettes (ou des brochettes en bois ordinaires coupées en deux).
- Fais cuire les brochettes au gril pendant 8 minutes environ sur chaque face. Sers-les chaudes avec des quartiers de lime et de la sauce saté dans un bol pour les y tremper avant de les déguster.

Ingrédients

Cette recette est pour 4 personnes. Elle nécessite 80 minutes de préparation et 20 minutes de cuisson.

Pour les brochettes :

- *250 g de tofu ferme*
- *2 petites courgettes, coupées chacune en 8 morceaux*
- *2 oignons rouges de taille moyenne, coupés chacun en 8*
- *1 poivron rouge de taille moyenne, épépiné et coupé en 16*

Pour la marinade :

- *2 cuillerées à soupe d'huile d'olive*
- *1 cuillerée à soupe de sauce soja*
- *3 cuillerées à soupe de sauce aux haricots noirs*
- *1 cuillerée à soupe de miel liquide*
- *2 gousses d'ail écrasées*
- *Des feuilles de salade pour servir*

Brochettes au tofu

Ces brochettes colorées végétariennes sont parfaites pour un barbecue estival.

Préparation

- Découpe le tofu en 16 cubes. Place ceux-ci dans un plat avec les courgettes, les oignons et le poivron rouge.
- Mélange dans un grand plat les ingrédients de la marinade. Assaisonne. Dépose-y les cubes de tofu et les légumes et remue-les bien dans la marinade avec une cuillère pour les arroser. Puis laisse-les reposer au réfrigérateur pendant 1 heure.
- Pique les cubes de tofu et les légumes sur 8 brochettes.
- Passe ensuite les brochettes au gril pendant 15 à 20 minutes. Enduis-les de marinade au pinceau de cuisine en début de cuisson et une seconde fois à mi-cuisson au moment de les tourner.

Courgette jaune

Champignons blancs

Oignons

Halloumi (fromage chypriote)

Aubergine

Essaie tes propres recettes

Fais des expériences culinaires en associant divers ingrédients sur tes brochettes. Utilise la sauce barbecue de la page 82 pour accompagner des brochettes bœuf-oignon, par exemple. Fais des essais avec les ingrédients présentés ci-contre… mais pas tous sur la même brochette!

3

4

Brochettes d'agneau

L'agneau est délicieux lorsque sa saveur est relevée d'herbes et d'épices. Le voici par exemple en brochettes accompagné d'une crème de yogourt à la menthe.

Ingrédients

Cette recette est pour 4 personnes. Elle nécessite 20 minutes de préparation et 20 minutes de cuisson.

• 450 g de viande d'agneau hachée, maigre

• 1 petit oignon finement émincé

• 1 gousse d'ail

• ¹/₂ cuillerée à thé de cannelle moulue

• 2 cuillerées à thé de cumin moulu

• 1 cuillerée à thé de coriandre moulue

• De l'huile d'olive

• 1 cuillerée à thé de feuilles de menthe séchées

• ¹/₂ citron

• Voir en page 48 les ingrédients de la trempette au yogourt et à la menthe

Préparation

• Dans un bol, place la viande d'agneau hachée, l'oignon émincé, l'ail, la cannelle, le cumin et la coriandre. Malaxe les ingrédients jusqu'à ce qu'ils soient bien mélangés.

• Sépare le mélange en 12 portions. Donne à chacune la forme d'une saucisse et passe une brochette à travers. Roule bien la viande pour l'allonger sur chaque brochette.

• Dispose les brochettes sur une plaque à pâtisserie et enduis-les d'huile au pinceau de cuisine. Passe-les au gril environ 5 minutes de chaque côté, jusqu'à ce qu'elles dorent. Transfère-les dans un plat de service et saupoudre-les de menthe séchée.

Brochettes de crevettes et de poivrons

Voici encore des brochettes pleines de couleurs et de saveur. N'oublie pas de les arroser d'un bon jus de lime au moment de les servir.

Ingrédients

Cette recette est pour 4 personnes. Elle nécessite 25 minutes de préparation et 15 minutes de cuisson.

Pour les brochettes :

• ¹/₂ poivron rouge

• ¹/₂ poivron jaune

• 8 tomates cerises

• 4 épis de maïs miniatures

• 150 g de crevettes roses cuites

Pour la marinade :

• Le jus d'un citron

• Le jus d'une lime

• 2 cuillerées à soupe de sauce soja

• 1 gousse d'ail écrasée

• 1 cuillerée à thé de cassonade

Préparation

• Prépare la marinade en mélangeant tous les ingrédients dans une tasse à mesurer. Découpe soigneusement les poivrons et les épis de maïs miniatures en morceaux.

• Pique les légumes et les crevettes sur les brochettes. Une fois garnies, place-les dans un plat rectangulaire et verse par-dessus la marinade. Laisse-les mariner au réfrigérateur pendant une heure. Retourne-les au bout de 30 minutes.

• Passe ensuite tes brochettes au gril pendant 15 minutes en arrosant les crevettes de marinade toutes les 5 minutes.

Quiche aux légumes

Voici un plat qui se mange froid. Il sera idéal en plat principal pour un dîner léger. Sers-le accompagné d'une salade de pommes de terre et d'une salade verte.

Pour 6 personnes   135 minutes   65 minutes

Ustensiles

- Une passoire
- Un grand bol
- Un couteau
- Une fourchette

- Une cuillère à soupe
- Du film étirable
- Un rouleau à pâtisserie
- Du papier parchemin

- Un moule à tarte à fond amovible, d'environ 20 cm de diamètre
- Un couteau de table
- De gros haricots secs

- Une paire de gants de cuisine
- Une tasse à mesurer
- Un fouet

Ingrédients

- 1 ¾ tasse de farine
- Une pincée de sel
- 6 cuillerées à soupe de beurre non salé coupé en cubes
- 2 cuillerées à soupe de graisse végétale (ou de saindoux) coupée en cubes

- 2 cuillerées à soupe d'eau
- ¾ tasse de poivron rouge, épépiné, coupé en morceaux
- ¾ tasse de maïs
- ¾ tasse de petits pois

- 1 petit poireau coupé en rondelles cuit dans du beurre
- 2 œufs battus
- ½ tasse de lait
- ½ tasse de crème légère
- ¼ tasse de cheddar râpé

Tamise la farine dans un grand bol et ajoute le sel. Ajoute dedans les cubes de beurre et de graisse et écrase-les entre tes doigts dans la farine pour faire une pâte sablée (voir page 10).

Une fois que le mélange a pris un aspect sableux homogène, ajoute l'eau goutte par goutte et mélange avec un couteau. Lorsque le mélange commence à former des grumeaux, rassemble la pâte en boule avec tes mains.

Aplatis la pâte en un rond épais et enveloppe-la dans du film étirable. Place-la au réfrigérateur pendant 1 heure pour la raffermir. Graisse ton moule à tarte et farine légèrement ton plan de travail.

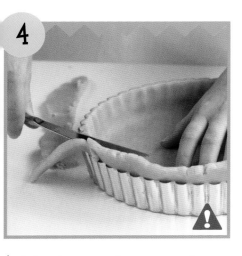

Étale la pâte au rouleau en un rond un peu plus large que ton moule à tarte. Garnis le moule avec la pâte en la posant délicatement contre le fond et les bords et coupe la pâte en trop à l'aide d'un couteau. Pique la pâte avec une fourchette et place-la à nouveau 15 minutes au réfrigérateur. Pendant ce temps, préchauffe ton four à 200 °C (400 °F).

Recouvre la pâte d'une double épaisseur de papier parchemin et leste l'intérieur de haricots secs. Mets-la à cuire telle quelle au four pendant 15 minutes, puis retire le papier et les haricots et laisse-la cuire encore 5 minutes. Cette méthode de cuisson permet à la pâte de rester ferme lorsqu'on y ajoute la garniture liquide.

Réduis la température du four à 180 °C (350 °F). Étale les légumes sur la pâte. Bats ensemble le lait, les œufs et la crème et verse le mélange sur les légumes dans la tarte.Saupoudre la surface de cheddar râpé et enfourne la tarte pendant 45 minutes. Sors-la et laisse-la refroidir avant de servir.

Gratin de tomates confites et d'aubergines

Les tomates cuites longuement au four à feu doux confisent, restant ainsi fermes, juteuses et pleines de goût. Combinées aux aubergines, elles composent un délicieux ensemble de textures et de saveurs.

Ingrédients

- 6 grosses tomates bien mûres, coupées en deux
- 2 gousses d'ail finement émincées
- 1 cuillerée à soupe d'origan séché
- ½ tasse d'huile d'olive vierge
- Du poivre et du sel pour l'assaisonnement
- 1 grosse aubergine coupée en fines tranches
- Quelques pincées de paprika
- ½ tasse de yogourt nature
- 2 cuillerées à soupe de miel liquide
- ¼ tasse d'amandes tranchées grillées

Ustensiles

- Une plaque à pâtisserie
- Un grand bol
- Une cuillère
- Une passoire
- Des essuie-tout
- Une poêle à griller
- 4 petits plats individuels pour le service

1

Dispose les tomates face coupée vers le haut sur un plateau de cuisson. Dans un bol, mélange l'ail, l'origan et la moitié de l'huile d'olive, et assaisonne le tout de sel et de poivre. Répartis ce mélange sur les tomates.

2

Préchauffe ton four à 150 °C (300 °F). Mets-y les tomates à cuire pendant 2 à 3 heures, en surveillant la cuisson. Elles vont se ratatiner, mais resteront d'un rouge vif. Une fois confites, sors-les et laisse-les refroidir.

3

Étale les tranches d'aubergine dans une passoire en les salant un peu entre chaque couche. Laisse-les ainsi 30 minutes puis rince-les bien sous l'eau et sèche-les avec un torchon propre ou un essuie-tout.

4

Place les tranches d'aubergine dans un grand bol, verse dessus le reste d'huile d'olive et saupoudre-les de paprika. Malaxe-les un peu en les froissant avec tes mains.

4 Pour 4 personnes — 40 minutes — 190 minutes

5

Fais chauffer une poêle à griller et déposes-y les aubergines, une seule couche à la fois. Fais-les revenir des deux côtés jusqu'à ce qu'elles dorent et se ramollissent. Dépose chaque poêlée dans une assiette pendant que tu fais revenir le reste.

6

Pour servir, empile, en les alternant, les tranches d'aubergines et les moitiés de tomates dans 4 petits plats individuels. Nappe chaque feuilleté de deux cuillerées à soupe de yogourt nature et d'une demi-cuillerée à soupe de miel. Enfin, saupoudre-les d'une demi-cuillerée à soupe d'amandes grillées.

Quatre manières de préparer des sauces

Essaie ces sauces qui accompagneront beaucoup de plats.

1

Sauce tomate avec des morceaux

Cette sauce copieuse et savoureuse peut être préparée pour un plat de lasagnes si tu doubles les quantités d'ingrédients indiquées ou pour accompagner un simple plat de pâtes.

Ingrédients

Cette recette est pour 4 personnes. Elle nécessite 3 minutes de préparation et 5 minutes de cuisson.

- *1 oignon*
- *1 gousse d'ail*
- *2 cuillerées à soupe d'huile d'olive*
- *400 g de tomates en boîte*
- *1 cuillerée à soupe de purée de tomate*

Préparation

- Émince l'oignon et écrase les gousses d'ail avec un presse-ail.
- Fais chauffer l'huile à feu doux dans une casserole et ajoute l'ail et l'oignon. Fais-les revenir doucement quelques minutes jusqu'à ce que l'oignon dore.
- Verse dans la casserole les tomates en boîte (découpées en dés plus petits si elles sont trop grosses) et la purée de tomate. Fais cuire en remuant pendant 3 minutes.

2

Sauce saté croustillante

Pour cette recette, tu peux utiliser du beurre d'arachide ordinaire, mais elle n'en sera que meilleure si elle contient en plus des morceaux d'arachides.

Ingrédients

Cette recette est pour 4 personnes. Elle nécessite 5 minutes de préparation et 6 minutes de cuisson.

- *1 ½ oignon*
- *3 cm de gingembre frais*
- *3 gousses d'ail*
- *¼ tasse d'huile végétale*
- *3 cuillerées à soupe de sauce soja*
- *9 cuillerées à soupe d'eau*
- *¼ tasse de cassonade*
- *1 tasse de beurre d'arachide croquant*
- *Le jus de 2 limes*

Préparation

- Pèle l'oignon et émince-le finement.
- Pèle le gingembre et râpe-le grossièrement, puis pèle et écrase l'ail.
- Fais chauffer l'huile dans une casserole et fais revenir doucement l'oignon pendant 3 minutes jusqu'à ce qu'il ramollisse. Ajoute le gingembre et l'ail et laisse cuire quelques minutes en remuant. Laisse refroidir le mélange.
- Verse ta préparation dans un petit bol avec la sauce soja, l'eau, le sucre, le beurre d'arachide et le jus de lime et bats le tout au fouet.
- Cette sauce est parfaite pour accompagner les brochettes de poulet présentées en page 76.

Tu auras besoin de ces ustensiles.

Ils te seront nécessaires pour préparer la plupart des sauces. Comme son nom le suggère, la saucière est une casserole munie d'un couvercle faite pour préparer les sauces. La cuillère en bois sert à remuer, le fouet à battre et à bien mélanger les ingrédients.

Casserole-saucière
Cuillère en bois
Fouet
Couteau

3

Sauce blanche fromagée

Cette sauce est une variante de la sauce béchamel utilisée traditionnellement dans les plats de lasagnes (voir pages 58-59). Elle peut aussi accompagner des pâtes avec du bacon frit.

Ingrédients

Cette recette est pour 6 personnes (utilisée pour des lasagnes). Elle nécessite 5 minutes de préparation et 6 minutes de cuisson.

- 60 g de beurre non salé
- ¹/₄ tasse de farine
- 2 tasses de lait chaud
- ³/₄ tasse de parmesan râpé
- Du sel et du poivre pour l'assaisonnement

Préparation

- Fais fondre le beurre dans une petite casserole, à feu doux.
- Incorpore la farine en remuant et laisse cuire 1 minute. Puis incorpore progressivement le lait en remuant avec un fouet. Continue de remuer au fouet pendant que la sauce chauffe jusqu'à ce qu'elle épaississe.
- Ajoute le parmesan râpé et assaisonne. Continue de tourner jusqu'à ce que le fromage soit bien fondu et bien incorporé dans la sauce.

4

Sauce barbecue

À la fois sucrée et pleine de saveurs, cette sauce marie les sucres naturels des oranges et du miel avec les goûts relevés de l'ail, de la sauce soja et de la moutarde.

Ingrédients

Cette recette est pour 6 personnes. Elle nécessite 10 minutes de préparation et convient parfaitement pour une marinade.

- 2 gousses d'ail
- ¹/₄ tasse de ketchup
- ¹/₄ tasse de sauce soja
- ¹/₄ tasse de jus d'orange fraîchement pressées
- 2 cuillerées à soupe d'huile de tournesol
- 6 cuillerées à soupe de miel liquide
- 2 cuillerées à thé de moutarde

Préparation

- Écrase les gousses d'ail dans un bol en verre.
- Ajoute le ketchup, la sauce soja et le jus d'orange et mélange bien le tout avec une cuillère en bois.
- Incorpore l'huile d'olive, le miel liquide et la moutarde. Mélange bien ces ingrédients quelques minutes, le temps que le tout prenne une consistance homogène.
- Cette recette est donnée ici avec le double des quantités indiquées pour le poulet barbecue, présenté en pages 74-75. Utilise-la aussi en marinade pour parfumer des viandes ou des légumes.

Sauté de haricots au soja

Ce sauté végétarien facile
à préparer est incroyablement goûteux.
La noix de coco séchée et les noix
de cajou lui donnent une texture
croustillante et une délicieuse saveur.

Pour 4 personnes   30 minutes   10 minutes

Ingrédients

- ⅔ tasse de noix de coco séchée, non sucrée, râpée
- 2 cuillerées à soupe d'huile d'olive
- 1 gousse d'ail émincée
- 6 oignons verts émincés

- 1 bulbe de fenouil tranché, cœur ôté
- 500 g de haricots verts frais
- 2 cuillerées à soupe de sauce soja
- 1 cuillerée à soupe de vinaigre de riz

- 100 g de germes de haricots
- 1 cuillerée à soupe de feuilles de coriandre fraîche, émincées
- 200 g de nouilles de blé entier
- 1 cuillerée à soupe de graines de sésame
- 75 g de noix de cajou non salées

Ustensiles

- Un bol avec un couvercle
- Une passoire et un tamis
- Un wok ou une grande poêle
- Une cuillère en bois
- 4 bols ou ramequins

1

Mets la noix de coco à tremper dans un bol d'eau chaude couvert pendant 20 minutes. Égoutte-la dans un tamis en la pressant bien contre les bords.

2

Fais chauffer l'huile à feu vif dans un wok ou une grande poêle. Fais-y revenir l'ail, les oignons et le fenouil pendant 2 minutes sans cesser de remuer avec une cuillère en bois.

3

Ajoute les haricots et fais-les sauter rapidement en remuant sans cesse. Verse la sauce soja et le vinaigre. Remue bien le tout et retire du feu.

4

Ajoute les germes de haricots, la noix de coco et la coriandre. Fais revenir le tout à feu vif. Ça doit commencer à sentir très bon ! Retire du feu.

5

Fais cuire les nouilles en respectant les conseils de préparation inscrits sur le paquet. Égoutte-les, puis répartis-les à la cuillère dans les bols de service.

6

Dispose le sauté de haricots sur les nouilles. Après avoir fait griller les noix de cajou et les graines de sésame, saupoudres-en un peu sur chaque bol. C'est prêt!

Sauté de bœuf arc-en-ciel

Ingrédients

- 300 g de viande de bœuf maigre, coupée en morceaux
- 1 cuillerée à soupe d'huile de tournesol
- 1 poivron rouge épépiné et coupé en lanières
- 6 épis de maïs miniatures coupés dans le sens de la longueur
- 75 g de pois mange-tout en gousses, frais
- 3 oignons verts coupés en rondelles
- 2 gousses d'ail émincées
- 2 cuillerées à thé de gingembre frais râpé
- ¼ tasse de jus d'orange fraîchement pressé

Pour la marinade

- 6 cuillerées à soupe de sauce hoisin
- 2 cuillerées à soupe de sauce soja
- 1 cuillerée à soupe de miel liquide
- 1 cuillerée à thé d'huile de sésame

Ustensiles

- Un couteau d'office
- Une planche à découper
- Une cuillère
- Un plat peu profond
- Un wok ou une grande poêle
- Une spatule ou une cuillère en bois
- Des pinces de cuisine

Ce type de recette est rapide et facile à préparer. Voici un mets plein de couleurs à la mode orientale. Tu peux le servir tel quel ou accompagné de riz ou de nouilles.

1

Mélange les ingrédients de la marinade dans un plat peu profond. Fais-y tremper les morceaux de bœuf. Retourne-les à plusieurs reprises dans la marinade pour bien les enrober, couvre-les et laisse-les ainsi pendant une heure.

2

Fais chauffer l'huile de tournesol dans un wok ou une grande poêle. À l'aide de pinces de cuisine, retire les morceaux de bœuf de la marinade et dépose-les un à un dans l'huile chaude.

3

Fais frire la viande à feu vif en la remuant sans cesse, pendant environ 2 minutes, le temps qu'elle brunisse bien partout. Puis retire les morceaux de bœuf du wok à l'aide des pinces et réserve-les.

4

Ajoute un peu d'huile dans le wok s'il en manque. Verses-y le poivron rouge, les épis de maïs miniatures, les pois mange-tout et les oignons vert. Fais-les revenir pendant 2 minutes.

5

Pour4 personnes   80 minutes   10 minutes

Ajoute l'ail, le gingembre, le bœuf sauté et le reste de la marinade et laisse cuire pendant 1 minute. Verse dessus le jus d'orange et laisse sur le feu en remuant pendant encore une minute.

Des variantes

Des morceaux de porc ou de poulet remplaceront avantageusement le bœuf, mais tu peux essayer aussi avec des crevettes ou du tofu. Pour leur donner meilleur goût, l'essentiel est de bien les faire mariner préalablement.

Poulet mariné au curry

Dans cette recette, le poulet est préalablement mis à mariner pour que la viande absorbe bien la saveur du curry. Si tu recherches un parfum plus fort, il te suffit de laisser le poulet mariner plus de 30 minutes.

Dans un grand bol, mélange la purée de tomate, l'huile et la poudre de curry pour en faire une pâte. Ajoute le jus de citron et la moitié du yogourt pour faire la marinade.

Découpe soigneusement les blancs de poulet en morceaux de 2 à 3 cm de large. Lave-toi toujours bien les mains après avoir manipulé de la viande crue.

Verse le poulet dans la marinade et tourne-le plusieurs fois dedans pour bien l'enrober, assaisonne avec du sel et du poivre, puis recouvre le grand bol. Laisse le poulet mariner ainsi au réfrigérateur pendant au moins 30 minutes.

Dans une poêle, fais frire le poulet pendant 3 à 4 minutes sur un feu moyen à vif. La viande changera de couleur, mais elle ne sera pas encore cuite.

Ajoute les raisins secs et les amandes et laisse cuire le tout encore 3 à 4 minutes. Avant de servir, coupe en deux l'un des morceaux de poulet. S'il ne reste aucune trace rose au milieu, c'est que la viande est cuite.

Pour découper la laitue, roule les feuilles et découpe-les soigneusement en fines lamelles. Sers le poulet avec la laitue découpée, du pain naan et du chutney de mangue.

Ingrédients

- 4 blancs de poulet, sans la peau ni les os
- 1 cuillerée à thé de purée de tomate
- 2 cuillerées à soupe d'huile végétale
- 1 cuillerée à soupe de curry en poudre
- Le jus d'un demi-citron
- 125 g de yogourt nature

- 30 g de raisins secs (optionnel)
- 30 g d'amandes tranchées (optionnel)
- Du sel et du poivre pour l'assaisonnement

Pour l'accompagnement
- 1-2 cœurs de laitue

- Du pain naan (pain indien)
- 2 cuillerées à soupe de chutney de mangue (optionnel)

Ustensiles

- Un grand bol
- Une cuillère à soupe
- 2 planches à découper
- 2 couteaux d'office
- Une poêle
- Une spatule en bois

Pour 4 personnes — 50 minutes — 10 minutes

Quatre manières de préparer des légumes rôtis

Chacune de ces préparations peut accompagner un plat principal.

1

En rouge et en vert

Ce mélange de légumes est coloré et légèrement croquant. Il peut accompagner des boules de riz (pages 60-61) ou du poulet barbecue (pages 74-75).

Ingrédients

Cette recette est pour 4 personnes, en accompagnement d'un plat principal. Elle nécessite 8 minutes de préparation et 50 à 60 minutes de cuisson.

- *2 oignons rouges*

- *2 betteraves rouges crues, pelées*

- *¹/₂ brocoli*

- *12 tomates cerises*

- *1 cuillerée à soupe d'huile d'olive*

Préparation

- Préchauffe ton four à 200 °C (400 °F).

- Sur une planche à découper, avec un couteau d'office bien aiguisé, découpe les oignons rouges en gros morceaux, ainsi que les betteraves rouges, et coupe le demi-brocoli en bouquets.

- Place les betteraves dans un plat à rôtir, verse l'huile par-dessus et retourne les morceaux pour bien les huiler. Enfourne et laisse cuire 20 minutes.

- Ajoute les ingrédients restants et laisse encore cuire 30 à 40 minutes.

2

Patates douces et panais

Parfait pour un jour d'hiver, ce mélange se mariera avec bonheur au ragoût d'agneau (page 53) ou avec un ragoût de saucisses (pages 54-55).

Ingrédients

Cette recette est pour 4 personnes, en accompagnement d'un plat principal. Elle nécessite 5 minutes de préparation et 50 minutes de cuisson.

- *4 grosses patates douces pelées*

- *4 panais de taille moyenne, pelés*

- *1 cuillerée à soupe d'huile d'olive*

Préparation

- Préchauffe ton four à 200 °C (400 °F).

- Sur une planche à découper, avec un couteau d'office bien aiguisé, découpe les panais et les patates douces en morceaux assez gros.

- Place les panais et les patates douces dans un plat à rôtir, verse l'huile par-dessus et retourne les légumes pour bien les huiler.

- Enfourne et laisse cuire environ 50 minutes, jusqu'à ce que les légumes soient dorés.

Fais tes propres mélanges

Beaucoup d'autres légumes sont délicieux
une fois rôtis et accompagnent très bien
divers plats principaux. Entre autres, essaie
aussi les ingrédients présentés ci-contre.

Champignons blancs · Courge musquée · Poireaux · Tomates · Olives

3

4

Un medley de poivrons

L'ail rôti dégage un parfum extraordinaire et les poivrons
restent juteux et pleins de saveur. Voilà un plat idéal pour
accompagner le poulet mariné au curry (pages 88-89).

Ingrédients

Cette recette est pour 4 personnes,
en accompagnement d'un plat
principal. Elle nécessite 8 minutes
de préparation et 40 minutes
de cuisson.

- 1 poivron vert
- 1 poivron jaune
- 1 poivron rouge
- 1 poivron orange
- 1 gousse d'ail
- 2 petites courgettes
- 1 cuillerée à soupe d'huile d'olive

Préparation

- Préchauffe ton four à 200 °C (400 °F).

- Sur une planche à découper, avec
un couteau d'office bien aiguisé, découpe
les poivrons en minces lanières
et la gousse d'ail en deux moitiés.

- Découpe la courgette en tranches
épaisses.

- Dispose tous les ingrédients sur une
plaque à pâtisserie, verse l'huile par-dessus
et retourne-les pour bien les huiler.

- Enfourne et laisse cuire 40 minutes.

Pommes de terre et carottes

Voici un mélange plutôt classique de légumes à faire
rôtir, mais qui fait toujours son effet. Souvent servi avec le poulet,
il contribue aussi à apporter des glucides à un repas léger.

Ingrédients

Cette recette est pour 4 personnes,
en accompagnement d'un plat
principal. Elle nécessite 5 minutes
de préparation et 50 minutes
de cuisson.

- 12 petites carottes ou 5 carottes
ordinaires
- 2 grosses pommes de terre,
pelées
- 1 cuillerée à
soupe d'huile
d'olive

Préparation

- Préchauffe ton four à 200 °C (400 °F).

- Sur une planche à découper, avec
un couteau d'office bien aiguisé, découpe
les pommes de terre et les carottes en gros
quartiers.

- Étale les pommes de terre et les carottes
dans un plat à rôtir, verse l'huile
par-dessus et retourne-les pour bien les
huiler.

- Enfourne et laisse cuire 50 minutes
jusqu'à ce que les légumes soient dorés.

Ingrédients

- Un poulet de 1,5 kg (3 lb)
- 5 cuillerées à soupe de beurre non salé, ramolli
- ½ citron et 1 cuillerée à thé de zeste de citron
- 1 cuillerée à soupe de feuilles de thym frais, plus 2 branches
- 1 gros oignon émincé
- 8 petites carottes
- Quelques gousses d'ail
- 1 tasse de bouillon de légumes
- Du sel et du poivre pour l'assaisonnement

Pour le service

- 12 bouquets de brocolis, bouillis et égouttés
- 4 pommes de terre découpées en quartiers et rôties (voir page 91)
- 16 petites carottes rôties (voir page 91)
- 250 ml de jus de cuisson

Ustensiles

- Une planche à découper en plastique
- Des essuie-tout
- Un bol
- 2 cuillères à soupe
- Un couteau d'office
- De la ficelle de cuisine
- Une rôtissoire
- Des gants de cuisine
- Une grande planche à découper en bois pour découper le poulet avant de servir
- Un couteau à découper

Poulet rôti

C'est le plat traditionnel qui plaît à coup sûr. Mais rien n'empêche de s'écarter un peu de la recette de base pour l'agrémenter de saveurs qui renouvelleront le plaisir de la dégustation. Une fois que tu maîtriseras celle que nous te proposons ici, tout le monde te demandera de la refaire.

Préchauffe ton four à 200 °C (400 °F). Rince le poulet, à l'intérieur comme à l'extérieur, sous le robinet d'eau froide. Place-le sur une planche à découper en plastique et sèche-le bien, à l'intérieur comme à l'extérieur, en le tamponnant avec des essuie-tout.

Pour préparer la farce, mélange dans un bol le beurre ramolli avec les feuilles de thym et le zeste de citron et assaisonne de sel et de poivre. À l'aide d'une cuillère, remplis-en l'intérieur du poulet, en y ajoutant le demi-citron et les branches de thym.

Dépose le poulet dans une rôtissoire sur un lit d'oignons, de carottes et de gousses d'ail baignant dans un bouillon de légumes. Enfourne le plat pour 1 heure et 20 minutes, jusqu'à ce que la volaille soit bien dorée. Arrose le poulet une première fois de son jus de cuisson au bout de 30 minutes, puis toutes les 15 minutes ensuite.

Sors ton poulet cuit du four (demande l'aide d'un adulte) et laisse-le dans son plat pendant 10 à 15 minutes avant de le découper sur une planche. Sers-le accompagné de brocoli, de pommes de terre et de carottes rôties, et généreusement arrosé de son jus de cuisson.

Pour accompagner

Suis la recette figurant en page 91 pour faire rôtir les pommes de terre et les carottes. Mets les bouquets de brocoli à bouillir pendant 5 minutes, et égoutte-les avant de servir. Récupère 250 ml de jus de cuisson du poulet pour servir avec.

Pour 4 personnes   30 minutes   80 minutes

Filets de volaille grillés

Les aliments cuits sur un gril ont une texture et une saveur particulières. C'est un autre mode de cuisson que tu dois savoir mettre à profit. Le plat de printemps proposé ici peut être consommé chaud ou froid. Veille simplement à ce que la viande soit toujours bien cuite.

Pour 4 personnes   45 minutes   25 minutes

Ingrédients

- 2 cuillerées à café de paprika
- 5 cuillerées à soupe d'huile d'olive
- 4 escalopes de poulet ou de dinde, d'environ 150 g chacune
- 400 g de petites pommes de terre nouvelles, coupées en deux
- 2 oignons verts frais finement émincés
- 8 tomates cerises
- 3 cuillerées à soupe de feuilles de menthe fraîche hachées
- 1 cuillerée à soupe de jus de citron

Ustensiles

- Un grand plat peu profond
- Une cuillère à soupe
- Une fourchette
- Du film étirable
- Une poêle à griller
- Des pinces de cuisine
- Un couteau d'office
- Une planche à découper
- Une casserole de taille moyenne
- Une passoire
- Un grand bol en verre

1

Mélange le paprika et 3 cuillerées à soupe d'huile d'olive dans un grand plat peu profond. Places-y les escalopes de volaille et recouvre-les bien de l'huile parfumée. Couvre le plat de film étirable et laisse-le 30 minutes au réfrigérateur.

2

Fais chauffer ta poêle à griller jusqu'à ce qu'elle devienne très chaude. Réduis ensuite le feu à température moyenne et dispose deux escalopes dans la poêle. Fais-les griller 6 minutes sur une face.

3

Retourne ensuite la viande à l'aide de pinces de cuisine. Répands dessus un peu d'huile parfumée au paprika et laisse griller encore au moins 6 minutes, jusqu'à ce que la viande soit bien cuite. Fais cuire de la même manière les deux autres filets de volailles.

4

Place les pommes de terre dans une casserole de taille moyenne et recouvre-les d'eau. Porte l'eau à ébullition et laisse cuire les pommes de terre environ 10 minutes à gros bouillons, jusqu'à cuisson complète.

5

Égoutte les pommes de terre et laisse-les refroidir. Place-les ensuite dans un bol. Ajoute les feuilles de menthe fraîche finement hachée et les oignons verts. Coupe en deux les tomates cerises et ajoute-les dans le bol.

6

Réunis le reste de l'huile d'olive et le jus de citron dans un récipient à part et bats-les bien à la fourchette. Verse ensuite cette sauce sur la salade et mélange bien, puis sers-la en accompagnement des filets de volailles.

95

La douceur des PETITS DESSERTS SUCRÉS

Ingrédients

- 225 g de pâte brisée toute prête
- 150 g de mascarpone
- ½ cuillerée à thé d'extrait de vanille
- 2 cuillerées à soupe de sucre à glacer
- 175 g de fraises

- 4 cuillerées à soupe de gelée de groseilles rouges (ou de framboises)
- 15 ml (ou 1 cuillerée à soupe) d'eau

Ustensiles

- Un rouleau à pâtisserie
- Un emporte-pièce cannelé de 9 cm de diamètre

- Un moule pour 12 muffins
- Du papier parchemin
- Des haricots secs ou des pois chiches
- Des gants de cuisine
- Une grille de refroidissement
- Un bol
- Une cuillère en bois

- Une passoire
- Une planche à découper
- Un couteau d'office
- Une cuillère à thé
- Une petite casserole
- Un pinceau à pâtisserie

Tartelettes aux fraises

Ces jolies petites pâtisseries sont aussi bonnes qu'elles en ont l'air !
Tu peux aussi les préparer avec d'autres fruits à chair tendre.

Pour 8 personnes · 20 minutes · 14 minutes

1

Préchauffe ton four à 200 °C (400 °F). Étale la pâte au rouleau en une fine feuille puis, à l'aide de l'emporte-pièce cannelé, découpe dedans 8 cercles de pâte. Place ces derniers dans les alvéoles du moule à muffins.

2

Dispose dans les fonds de pâte un carré de papier parchemin et remplis-les de haricots secs. Passe-les 10 minutes au four, puis ôte les haricots et enfourne-les à nouveau 3 minutes. Sors-les et laisse-les refroidir dans leur moule.

3

Transfère les fonds de pâte sur une grille de refroidissement. Verse le mascarpone et l'extrait de vanille dans un bol. Tamise par-dessus le sucre à glacer, puis bats avec une cuillère en bois pour obtenir un mélange lisse.

4

Mets les fraises sur une planche à découper. Ôte-leur la queue. Puis, avec un couteau d'office bien aiguisé, coupe-les en deux, voire en quatre si elles sont grosses.

5

Une fois les fonds de pâte complètement refroidis, remplis-les avec une petite cuillère du mélange de mascarpone et d'extrait de vanille. Puis dispose dessus les morceaux de fraises.

6

Dans une petite casserole, verse la gelée de groseilles rouges et l'eau et réchauffe ce mélange à feu doux, en remuant sans cesse jusqu'à ce que la gelée fonde. Nappes-en tes tartelettes.

Quatre manières de préparer des biscuits

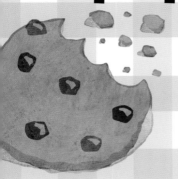

Tout le monde aime préparer des biscuits, et encore plus les déguster. Essaie donc les mélanges que nous te proposons ici, ou bien invente tes propres combinaisons.

La pâte à biscuits

Cette recette est pour 8 personnes (2 biscuits par personne). Elle nécessite 40 minutes de préparation et 15 minutes de cuisson.

- 100 g de beurre à température ambiante
- 1 œuf
- 125 g de sucre
- 1/2 cuillerée à thé d'extrait de vanille
- 1 1/4 tasse de farine auto-levante

Ustensiles

- 2 plaques à pâtisserie
- Du papier parchemin
- Un grand bol en verre
- Un batteur électrique
- Une cuillère en bois

1

Petits délices aux noisettes

La saveur et le croquant des noisettes se marient parfaitement à ceux de la pâte à biscuits. Tu peux aussi les remplacer, en quantité égale, par des noix de Grenoble, des arachides, des pacanes ou des pistaches.

Ingrédients

(à ajouter à la recette de base ci-dessus)

- 75 g de noisettes coupées en deux

Conseils

- Passe les noisettes sous un gril pendant 2 minutes avant de les incorporer à la pâte.
- Empile quelques biscuits dans du papier parchemin et noue-les avec du ruban pour les offrir en cadeau.

2

Bouchées aux canneberges

Les canneberges sont des baies délicieuses. Mais rien ne t'empêche d'essayer aussi d'autres fruits secs dans les mêmes proportions. Quels sont tes préférés ? Raisins secs, mangues, pommes, bleuets ou cerises ?

Ingrédients

(à ajouter à la recette de base ci-dessus)

- 45 g de chocolat blanc cassé en petits morceaux
- 1/2 tasse de canneberges séchées, finement hachées

Conseils

- Mélange bien les ingrédients afin que les canneberges et le chocolat blanc, une fois incorporés, ne se trouvent pas tous rassemblés dans un coin de la pâte. Ils doivent être répartis uniformément.
- Sers tes biscuits avec un verre de lait.

1

Préchauffe ton four à 180 °C (350 °F). Recouvre deux plaques à pâtisserie de papier parchemin. Dans un grand bol, à l'aide d'un batteur électrique, bats ensemble le beurre et l'œuf. Ajoute au mélange le sucre et l'extrait de vanille.

2

Incorpore la farine au mélange à l'aide d'une cuillère en bois et travaille-le jusqu'à ce qu'il prenne l'aspect d'une pâte souple. Ajoute ensuite les autres ingrédients (voir les recettes ci-dessous), puis mets la pâte à reposer 30 minutes au réfrigérateur.

3

Roule ensuite ta pâte en 16 petites boules et dispose-les sur les plaques à pâtisserie en laissant un bon espace entre chacune. Aplatis légèrement les biscuits et fais-les cuire au four 15 minutes environ, jusqu'à ce qu'ils soient bien dorés. Sors-les et mets-les à refroidir sur une grille de refroidissement.

3

Biscuits classiques au chocolat

Voici le biscuit classique que tout le monde apprécie. Mais pourquoi ne pas essayer des variantes avec du chocolat au lait ou des morceaux de chocolat blanc? Avec quelques noisettes en plus, ce sera un vrai délice.

Ingrédients
(à ajouter à la recette de base ci-dessus)

- *75 g de chocolat noir cassé en petits morceaux*

Conseils

• Casse le chocolat en morceaux assez gros afin qu'ils soient appétissants et fondants quand tu mordras à belles dents dans tes biscuits.

• Par une froide journée d'hiver, tu peux servir du chocolat chaud avec les biscuits.

4

Parfum de cannelle et d'abricot

D'autres épices peuvent aussi remplacer la cannelle. Essaie des épices à citrouille ou du gingembre râpé (1/8 de cuillère à thé). Quant aux abricots, tu peux les remplacer par des raisins secs.

Ingrédients
(à ajouter à la recette de base ci-dessus)

- *75 g d'abricots séchés finement hachés*
- *1/4 de cuillère à thé de cannelle en poudre*

Conseils

• Coupe les abricots en morceaux de petite taille afin qu'ils se répartissent bien dans toute la pâte.

• Tu peux conserver les biscuits deux jours dans une boîte en fer… s'ils ne sont pas mangés avant!

Ingrédients

- 150 g de beurre non salé, ramolli
- ¾ tasse de sucre
- 1 ¼ tasse de farine auto-levante
- 3 œufs battus
- ½ cuillerée à thé d'extrait de vanille

Pour le glaçage et la décoration

- 2 ¼ tasses de sucre à glacer, tamisé
- 2 à 3 cuillerées à soupe d'eau chaude
- Des colorants alimentaires de trois couleurs différentes
- Des fleurs et autres décorations en sucre cristallisé, des vermicelles multicolores, des mini-bonbons, etc.

Ustensiles

- 2 moules pour 12 muffins
- 20 moules en papier
- 2 grands bols
- 3 petits bols
- Une cuillère en bois
- 2 cuillères métalliques
- Une grille de refroidissement
- Un tamis
- Un couteau

Petits gâteaux savoureux

Que ton choix se porte sur des décorations audacieuses ou raffinées, assure-toi d'avoir un assortiment varié d'ingrédients décoratifs. Choisis un thème, et… que la fête commence !

1

Place les 20 moules en papier dans les moules à muffins. Préchauffe ton four à 180 °C (350 °F).

2

Dans un grand bol, réunis le beurre, le sucre, la farine, les œufs et l'extrait de vanille et bats le tout avec une cuillère en bois jusqu'à obtenir une pâte crémeuse et pâle. Tamise le sucre à glacer.

3

Répartis la pâte dans les moules en papier. Mets-les au four environ 15 minutes, jusqu'à ce que les petits gâteaux soient dorés et fermes. Sors-les et laisse-les refroidir 5 minutes dans le moule, puis transfère-les sur une grille pour qu'ils finissent de refroidir.

4

Une fois refroidis, coupe le haut des petits gâteaux pour leur donner une surface plane. Ainsi, le glaçage retiendra mieux les décorations.

Pour 20 petits gâteaux | 30 minutes | 15 minutes

POUR LES PRÉSENTER, DISPOSE TES GÂTEAUX SUR UN JOLI PLATEAU.

5

Verse le sucre à glacer dans un grand bol et incorpores-y l'eau graduellement en remuant énergiquement jusqu'à obtenir un épais glaçage adhérant bien au dos de la cuillère.

6

Répartis le glaçage dans trois bols distincts et ajoute dans chacun d'eux quelques gouttes de colorant alimentaire de couleur différente. Avec une cuillère, nappe tes petits gâteaux et ajoute par-dessus les décorations de ton choix. Laisse reposer le temps que le glaçage prenne.

Génoise

Gâteau simple, mais néanmoins délicieux, la génoise peut être préparée nature, comme ici, ou additionnée d'un zeste de citron.

Pour 8 personnes · 10 minutes · 30 minutes

Graisse les deux moules afin que les gâteaux n'adhèrent pas. Demande à un adulte de préchauffer le four à 180 °C (350 °F).

Réunis dans un grand bol le beurre, le sucre, les œufs et l'extrait de vanille et tamise par-dessus la farine et la poudre à pâte. Avec un fouet ou un batteur électrique, bats ensemble tous ces ingrédients jusqu'à obtenir un mélange épais.

Répartis le mélange en quantité égale dans les deux moules en aplanissant le dessus avec le dos d'une grande cuillère. Mets les deux moules au centre du four pendant 25 à 30 minutes, jusqu'à ce que les gâteaux dorent et montent en devenant fermes au toucher.

Sors les gâteaux du four et laisse-les refroidir dans leur moule 5 à 10 minutes, puis démoule-les sur une grille et laisse-les refroidir complètement.

Pour préparer la crème au beurre, réunis le beurre, le sucre à glacer, l'extrait de vanille et le lait dans un petit bol. Bats le tout à l'aide d'une cuillère en bois jusqu'à obtenir un mélange lisse et crémeux.

Avec une spatule, étale de la gelée ou de la confiture sur la face plane de l'un des gâteaux et place-le sur un plateau. Étale la crème au beurre sur l'autre gâteau et retourne-le sur le premier. Termine en saupoudrant de sucre à glacer.

Ingrédients

- 175 g de beurre non salé, ramolli
- 1 tasse de sucre
- 3 œufs battus
- 1 cuillerée à thé d'extrait de vanille
- 1 ½ tasse de farine auto-levante
- 1 cuillerée à thé de poudre à pâte

- 4 cuillerées à soupe de gelée de framboises ou de confiture de fraises
- Du sucre à glacer pour saupoudrer

Pour la crème au beurre

- 50 g de beurre, ramolli
- 1 tasse de sucre à glacer
- ½ cuillerée à thé d'extrait de vanille

- 2 cuillerées à thé de lait

Ustensiles

- 2 moules à gâteaux ronds de 20 cm de diamètre
- Du papier parchemin
- Un grand bol
- Un tamis

- Un batteur électrique ou un fouet
- Une cuillère à soupe
- Une cuillère à thé
- Des gants de cuisine
- Une grille de refroidissement
- Un petit bol
- Une cuillère en bois
- Une spatule

Ingrédients

- 2 ¾ tasses de farine
- 2 cuillerées à thé de gingembre moulu
- 1 cuillerée à thé de bicarbonate de soude
- 125 g de beurre doux, coupé en cubes
- 1 tasse de cassonade

- ¼ tasse de mélasse raffinée ou de sirop de maïs
- 1 œuf battu
- Du glaçage (voir préparation page 101), des mini-bonbons, des vermicelles multicolores, etc., pour la décoration

Ustensiles

- 2 grandes plaques à pâtisserie
- Du papier parchemin
- Un grand bol
- Une cuillère en bois
- Un rouleau à pâtisserie

- Des emporte-pièces
- Des gants de cuisine
- Une cuillère à thé

Biscuits en pain d'épices

Avec cette recette, ta maison va s'emplir de la merveilleuse odeur du pain d'épices en train de cuire. Utilise des emporte-pièces aux formes inhabituelles afin que tes gâteaux soient originaux et amusants.

Préchauffe ton four à 180 °C (350 °F). Recouvre 2 grandes plaques à pâtisserie de papier parchemin. Si tu ne disposes que d'une seule plaque, tu devras faire cuire tes pains d'épices en deux fournées.

Verse la farine, le gingembre et le bicarbonate de soude dans un grand bol. Mélange bien les ingrédients avec une cuillère en bois.

Incorpore le beurre en le travaillant entre tes doigts dans la farine comme pour préparer une pâte sablée. Continue jusqu'à ce que le mélange présente une texture finement granuleuse. Ajoute ensuite la cassonade.

Ajoute la mélasse (ou le sirop de maïs) ainsi que l'œuf et travaille le mélange jusqu'à ce qu'il forme une boule. Sors alors la pâte du bol, pose-la sur un plan de travail fariné et pétris-la jusqu'à ce qu'elle acquière une texture lisse et homogène.

Étale la pâte au rouleau pour qu'elle fasse 5 mm d'épaisseur, puis, à l'aide de tes emporte-pièces, découpe les formes de tes biscuits. Roule et aplatis à nouveau les restes de pâte pour découper encore des biscuits jusqu'à ce que toute la pâte soit utilisée.

Dispose les biscuits sur les plaques à pâtisserie et mets-les au four pendant 9 à 10 minutes, jusqu'à ce que les biscuits soient bien dorés. Sors-les et laisse-les refroidir sur leurs plaques. Quand ils sont froids, décore-les avec du glaçage et des petits bonbons.

Carrés au chocolat pour les gourmands

16 Pour 16 carrés — 25 minutes — 25 minutes

Appréciés de tous, les carrés au chocolat ont un goût incomparable, qu'ils soient au chocolat blanc, au chocolat au lait ou au chocolat noir. Si ta gourmandise prend le dessus, découpe-les en gros morceaux…
mais n'oublie pas de partager !

Ingrédients

- 90 g de chocolat noir à pâtisserie
- 150 g de beurre, découpé en cubes, et un peu plus pour graisser le moule
- 1 tasse de farine
- 3 cuillerées à soupe de cacao en poudre
- ½ cuillerée à thé de poudre à pâte
- Une pincée de sel
- 2 œufs
- 2 tasses de cassonade
- 1 cuillerée à thé d'extrait de vanille
- 100 g de pacanes ou de noisettes concassées (optionnel)

Ustensiles

- Un moule à gâteau de 20 x 15 cm
- Des ciseaux
- Un crayon
- Du papier parchemin
- 3 bols de taille moyenne
- Une cuillère en bois
- Une petite casserole
- Un tamis
- Une spatule en plastique
- Des gants de cuisine

1

Graisse le fond du moule et double-le d'une feuille de papier parchemin (voir comment procéder en page 11). Préchauffe ton four à 180 °C (350 °F).

2

Casse le chocolat en morceaux dans un bol et ajoute les cubes de beurre. Fais fondre ensemble le beurre et le chocolat en plaçant le bol au-dessus d'une casserole contenant de l'eau chaude frémissante. Remue le mélange de temps en temps.

3

Retire ensuite le bol du feu et laisse le chocolat refroidir un peu. Dans un autre bol, tamise la farine, le cacao en poudre, la poudre à pâte et le sel.

4

Dans un troisième bol, bats les œufs et ajoute le sucre et l'extrait de vanille. Mélange ces ingrédients pour les combiner mais pas trop afin que la pâte ne soit pas totalement homogène.

5

Incorpore le chocolat fondu à l'aide d'une spatule dans le mélange d'œufs battus. Puis, incorpore délicatement le mélange de farine, ainsi que les noix ou noisettes si tu en utilises. On ne doit plus voir de farine une fois tous les ingrédients mélangés.

6

Transfère la préparation dans le moule en t'aidant de la cuillère, et lisse la surface avec la spatule. Mets ton gâteau au four pendant 25 minutes. Laisse-le refroidir dans son moule avant de le couper en carrés.

Ingrédients

- 1 ¼ tasse de farine
- 2 cuillerées à thé de poudre à pâte
- ½ cuillerée à thé de bicarbonate de soude
- ⅔ tasse de cassonade
- 50 g de noisettes grillées concassées
- 1 tasse de carottes râpées
- ⅔ tasse d'abricots séchés non traités, finement coupés
- 1 cuillerée à soupe de graines de pavot
- ½ cuillerée à thé de cannelle moulue
- ⅔ tasse de flocons d'avoine
- Le zeste de 2 oranges
- 1 tasse de babeurre ou de lait avec une cuillerée à soupe de jus de citron
- 1 œuf battu
- 3 cuillerées à soupe de beurre fondu
- Une pincée de sel
- Le jus d'une grosse orange

Pour la garniture

- 2 cuillerées à soupe de cassonade
- ⅓ tasse de flocons d'avoine
- 1 cuillerée à soupe de beurre fondu

Ustensiles

- Un petit bol en verre
- Une planche à découper
- Un couteau d'office
- Un grand bol en verre
- Une cuillère
- Des moules à muffins en papier
- Un moule pour 12 muffins
- Une plaque à pâtisserie

Muffins aux carottes et à l'orange

La carotte est un légume pratique pour des recettes sucrées aussi bien que salées. Ces délicieux muffins en sont la preuve : ce sont de parfaites friandises pour une collation ou une boîte-repas.

Préchauffe ton four à 200 °C (400 °F). Pour préparer la garniture, mélange la cassonade, les flocons d'avoine et le beurre fondu dans un grand bol. Étale ce mélange sur une plaque à pâtisserie. Passe-le au four 5 minutes et laisse-le refroidir.

Dans un grand bol, mélange la farine, la levure, le bicarbonate de soude et la cassonade. Ajoute les noisettes, les carottes, les abricots, les graines de pavot, la cannelle, les flocons d'avoine et le zeste d'orange.

Dans un autre bol, mélange à l'aide d'une cuillère le babeurre, l'œuf, le beurre, le sel et le jus d'orange. Verse ensuite le tout dans le bol contenant le mélange d'ingrédients secs.

Mélange à l'aide d'une cuillère, mais pas trop afin de ne pas faire une pâte totalement homogène. C'est la texture grumeleuse et l'air emprisonné dans la pâte qui font de bons muffins!

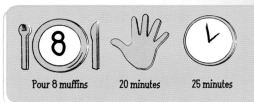

Pour 8 muffins　　20 minutes　　25 minutes

Essaie
d'autres parfums!

Pour varier, utilise du citron à la place
de l'orange. Ou bien fais du bout du doigt
un trou dans tes muffins (après l'étape 5)
et glisse dedans un morceau de chocolat
blanc. Ça fera un délicieux
cœur fondant.

5

Dispose 8 petits moules en papier dans
les alvéoles d'un moule à muffins. Dépose dans chacun
d'eux la pâte préparée, en les remplissant aux deux
tiers.

6

Saupoudre les muffins avec la garniture.
Fais-les cuire au four 25 à 30 minutes
jusqu'à ce qu'ils soient bien levés et dorés.
Laisse-les refroidir avant de les déguster.

Pour tous les goûts

Essaie cette recette avec 300 g de tes ingrédients favoris, tels que des morceaux de banane, de fraise, de meringue, de framboise, ou encore de chocolat.

Yogourt glacé

Voici un nouveau genre de dessert glacé qui change de la traditionnelle crème glacée et qui propose des saveurs originales. Prépares-en suffisamment pour rafraîchir tes amis par les chaudes journées d'été !

Pour 8 à 12 parts

4 heures
20 minutes

1

Coupe le fudge et brise la tire-éponge en tout petits morceaux sur une planche à découper. Casse ensuite les biscuits en morceaux un peu plus gros.

2

Verse la crème dans un bol et tamise par-dessus le sucre à glacer. Fouette légèrement le mélange jusqu'à la formation de pics mous; tu peux utiliser pour cela un fouet à main ou un batteur électrique à petite vitesse.

Ingrédients

- 85 g de fudge
- 60 g de tire-éponge (optionnel)
- 85 g de biscuits aux pépites de chocolat
- ⅔ tasse de crème fraîche épaisse
- ¼ tasse de sucre à glacer
- 2 ½ tasses de yogourt nature
- 1 ¼ tasse de guimauves miniatures

Ustensiles

- Une planche à découper
- Un couteau d'office
- Un bol
- Un tamis
- Un fouet
- Une spatule ou une cuillère métallique
- 2 boîtes en plastique avec leurs couvercles

3

Incorpore délicatement dans le mélange le yogourt, la tire-éponge, le caramel, les biscuits en morceaux et les guimauves miniatures à l'aide d'une spatule en plastique ou d'une cuillère métallique.

4

Avec une cuillère, transfère le mélange dans des boîtes en plastique, ferme-les et place-les au congélateur. Au bout de 2 heures, sors-les et remue le mélange pour empêcher la formation de cristaux de glace, puis replace-les à nouveau au congélateur pendant 2 heures. Ton yogourt glacé sera alors prêt à servir. Ne le laisse pas trop longtemps à température ambiante : s'il fond, il ne faut pas le recongeler.

Crème au chocolat à la menthe

Cette recette sophistiquée associe le goût corsé du chocolat noir à la subtilité de la menthe. Orne chaque pot d'un motif en sucre à glacer ou en poudre de cacao, réalisé à l'aide d'un pochoir.

Ingrédients

- 1 ¼ tasse de crème à 35 %
- Un petit bouquet de feuilles de menthe fraîche hachées
- ½ tasse de lait
- 175 g de chocolat noir cassé en petits morceaux
- 3 jaunes d'œuf
- 1 cuillerée à soupe de sucre à glacer, et un peu plus pour les motifs
- De la poudre de cacao pour les motifs (optionnel)

Ustensiles

- Une planche à découper
- Un couteau d'office
- 2 petites casseroles
- Un bol
- Une cuillère en bois
- Un fouet
- Un tamis
- Un plat à rôtir
- 4 ramequins
- Du carton, un crayon et des ciseaux pour faire un pochoir

1

Préchauffe ton four à 150 °C (300 °F). Verse la crème dans une petite casserole et ajoute dedans les feuilles de menthe. Réchauffe à feu doux en remuant jusqu'à ce que la crème frémisse. Retire-la alors du feu, couvre-la et laisse-la infuser 30 minutes.

2

Pendant ce temps, verse le lait dans une autre petite casserole et réchauffe-le à feu doux. Retire-le du feu et verse dedans les morceaux de chocolat. Remue jusqu'à ce qu'ils fondent en produisant un mélange onctueux.

3

Bats ensemble les jaunes d'œufs et le sucre à glacer avant d'y ajouter le lait chocolaté, puis la crème à la menthe. Mélange bien, puis passe le tout dans un tamis pour filtrer les morceaux des feuilles de menthe.

4

Répartis le mélange dans 4 ramequins que tu placeras dans un plat à rôtir. Ajoute de l'eau chaude jusqu'à mi-hauteur des ramequins pour faire un bain-marie. Mets le tout au four pendant 45 à 60 minutes. Sors ensuite les crèmes et laisse-les refroidir avant de les placer au réfrigérateur quelques heures. Réalise les décorations juste avant de servir.

4

Pour 4 personnes

45 minutes

45-60 minutes

Les pochoirs

Découpe dans du carton léger un ou plusieurs pochoirs en forme d'étoiles, de cercles, de fleurs, de cœurs, etc. et tamise un peu de sucre à glacer ou de poudre de cacao à la surface des pots de crème.

Gâteau-frigo

Un gâteau sans cuisson, quoi de plus facile ? Et en plus, c'est amusant à préparer!
Cette recette te suggère d'utiliser des amandes, mais tu peux les remplacer par des fruits secs,
comme des canneberges, si tu préfères.

Ingrédients

- 450 g de biscuits graham
- 150 g de beurre
- 500 g de chocolat noir, cassé en morceaux
  - 2 cuillerées à soupe de sirop de maïs
- 50 g de raisins secs
- 50 g d'amandes émincées

Ustensiles

- Un rouleau à pâtisserie
- Un sac en plastique
- Un bol
- Une casserole
- Une cuillère en bois
- Un moule de 18 x 18 cm
- Du papier parchemin
- Un presse-purée
- Un couteau d'office
- Une planche à découper

Place les biscuits dans un sac en plastique et frappe-les avec un rouleau à pâtisserie pour les casser. Ne les brise pas trop finement tout de même : il te faut des morceaux de biscuits, pas de la poussière !

Fais fondre ensemble, le beurre, le chocolat et le sirop de maïs dans un bol placé au-dessus d'une casserole d'eau chaude. Remue bien le tout pour en faire un mélange luisant. Retire-le du feu.

Une fois le bol refroidi, incorpore les biscuits, les raisins secs et les amandes. Veille à bien mélanger tous ces ingrédients. Ensuite, garnis ton moule de papier parchemin et verse le mélange dedans.

Utilise un presse-purée pour bien tasser la pâte dans le moule, puis place ton gâteau-frigo au réfrigérateur pour que la pâte durcisse. Découpe ensuite le gâteau en 24 morceaux. Si tu ne veux pas tout manger tout de suite, tu peux en congeler quelques morceaux dans une boîte hermétique; tu pourras les consommer dans les mois à venir.

Pour 24 parts | 10 minutes | 1 heure

Pour que ça explose dans la bouche

Pour créer la surprise sous la langue, ajoute 50 g de cristaux de sucre pétillant au terme de l'étape 3. Mais n'ouvre pas les sachets de sucre trop tôt, sans quoi tout le pétillant disparaîtra.

Couronnes meringuées

Ce magnifique dessert fait beaucoup d'effet au moment de le servir. En plus, il est beaucoup plus facile à préparer qu'il n'en a l'air ! Les couronnes sont de belle taille et deux personnes peuvent en partager une. N'hésite donc pas à inviter des copains.

Pour 6 personnes   45 minutes   2 heures

Pour la meringue

- 3 œufs
- 1 tasse de sucre
- Une pincée de sel

Pour la garniture

- 150 ml de crème à fouetter (optionnel)
- 1 nectarine
- 1 mangue
- 1 kiwi

Ustensiles

- Une plaque à pâtisserie
- Du papier parchemin
- 2 grands bols
- Un batteur électrique
- Une cuillère à soupe

- Une cuillère métallique
- Une poche à douille
- Des gants de cuisine
- Une planche à découper
- Un couteau d'office

Garnis une plaque à pâtisserie d'une feuille de papier parchemin. Préchauffe ton four à 110 °C (225 °F). Sépare les blancs des jaunes d'œufs.

Dans un grand bol, à l'aide d'un batteur électrique, bats en neige les blancs d'œufs additionnés d'une pincée de sel jusqu'à ce qu'ils soient assez fermes pour former des pointes.

Un délice aux fruits rouges

Tu peux garnir tes meringues de tous les fruits que tu veux. Essaie donc un petit mélange de bleuets, de framboises et de fraises!

Une fois les blancs bien fermes, ajoute 5 cuillerées à soupe de sucre en fouettant, cuillerée par cuillerée. Ajoute ensuite le reste de sucre en l'incorporant avec une cuillère métallique.

Sur le papier parchemin, trace trois cercles d'environ 10 cm de diamètre (en utilisant un bol comme modèle). Avec une poche à douille, remplis de blancs en neige les cercles dessinés en tournant. Puis garnis les bords de petits pics.

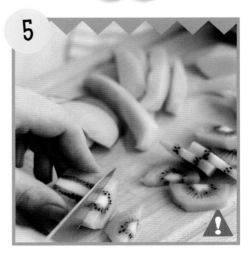

Mets les meringues au four, à l'étage le plus bas, pendant deux heures. Vers la fin de la cuisson, commence à fouetter la crème jusqu'à ce qu'elle soit ferme et tranche soigneusement les fruits. Garnis le centre des meringues de crème fouettée et de fruits.

Essaie d'autres baies

Si tu n'es pas grand amateur de bleuets,
remplace-les par des mûres, des canneberges,
des fraises ou des framboises. De toute façon,
quels que soient les ingrédients
choisis, le résultat
sera un délice.

Verrines lactées aux bleuets

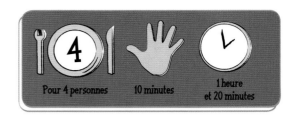

Pour 4 personnes — 10 minutes — 1 heure et 20 minutes

Voici un autre dessert qui fait forte impression sur la table, mais qui est pourtant facile comme tout à réaliser ! La présentation en verrines, c'est génial parce que tu vois les couches de fruits et de fromage superposées dans les verres. Rien de tel pour exciter tes papilles !

Verse les trois quarts des bleuets et la moitié du sucre dans une petite casserole. Couvre la casserole et porte le mélange à frémissement pendant 5 minutes, le temps qu'il forme un coulis. Ajoute alors le reste des bleuets, mélange et laisse refroidir.

Avec une cuillère en bois propre, bats ensemble le fromage à la crème, la crème fraîche, le reste de sucre et l'extrait de vanille dans un petit bol. Procède ainsi jusqu'à obtenir un mélange homogène et onctueux.

Ingrédients

- 500 g de bleuets
- 2 cuillerées à soupe de sucre
- 250 g de fromage à la crème
- 1 tasse de crème fraîche
- ¼ de cuillerée à soupe d'extrait de vanille
- 8 biscuits à l'avoine, écrasés

Ustensiles

- Une petite casserole
- Deux cuillères en bois
- Un petit bol
- Une cuillère à dessert
- 4 verres

Remplis les quatre verres par couches en alternant une cuillerée de bleuets dans leur coulis, une cuillerée de fromage battu et une cuillerée de biscuits écrasés, et ainsi de suite.

Une fois les verres remplis, place-les au réfrigérateur pendant une heure pour raffermir le tout. Sors tes verrines au dernier moment, pour les servir bien froides.

Croustade aux flocons d'avoine

Une croustade aux fruits est un dessert copieux qui te donnera de l'énergie pendant les froides journées d'hiver. Traditionnellement, ce sont les pommes qui sont utilisées, mais tu peux aussi les remplacer par des poires ou des mûres… ou les deux.

Préchauffe ton four à 180 °C (350 °F). Pour préparer le sablé, réunis dans un grand bol la farine tout-usage et la farine de blé entier. Mélange-les bien avec une cuillère.

Ajoute le beurre et incorpore-le à la farine du bout de tes doigts jusqu'à ce que la préparation ressemble à une chapelure grossière. Ajoutes-y ensuite le sucre, les graines et les flocons d'avoine et mets ce mélange de côté.

Pour préparer la garniture, pèle les pommes et découpe-les en quartiers. Retire les pépins et découpe les quartiers en cubes.

Étale les morceaux de pommes dans le plat. Ajoutes-y les bleuets, mélange-les bien et arrose le tout avec le jus de pommes. Saupoudre ensuite le sucre par-dessus.

À la cuillère, répands le sablé en une couche uniforme par-dessus, puis mets le plat au four. Laisse la croustade cuire 35 minutes jusqu'à ce que le dessus devienne croustillant et commence à brunir.

Des variantes

La croustade est excellente également en été. Dans ce cas, essaie de la préparer avec des nectarines, des pêches, des prunes, de la rhubarbe ou des framboises. Tous ces fruits conviendront aussi bien. Tu pourras la servir avec de la crème glacée.

Pour 6 à 8 personnes — 25 minutes — 35 minutes

Ingrédients

Pour le sablé

- ²/₃ tasse de farine tout-usage
- ²/₃ tasse de farine de blé entier
- 75 g de beurre non salé découpé en cubes
- ½ tasse de cassonade
- 3 cuillerées à soupe de graines de tournesol
- 1 cuillerée à soupe de graines de sésame
- 3 cuillerées à soupe de flocons d'avoine

Pour la garniture

- 4 pommes
- 200 g de bleuets
- ¼ tasse de jus de pomme frais
- 1 cuillerée à soupe de cassonade

Ustensiles

- Un grand bol
- Une cuillère
- Un couteau d'office
- Une planche à découper
- Un plat à four de 900 ml
- Une tasse à mesurer

Ce soir, ON FAIT LA FÊTE!

Mini-pizzas page 42

Tartelettes aux fraises page 96

Les versions miniatures de tes plats favoris et les petites choses qu'on peut manger avec les doigts sont idéales quand on reçoit; pas besoin de dresser le couvert! Voici quelques suggestions.

Un carton d'invitation surprise

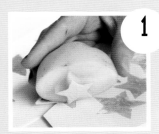

1 À l'aide d'une pomme de terre découpée, imprime quelques étoiles sur du carton léger. Une fois sèches, découpe-les en leur laissant une marge blanche.

2 Plie en deux un long morceau de carton blanc de type bristol, puis à nouveau en deux. Lorsque tu le déplies, tu obtiens quatre faces de surface égale (comme ci-dessus).

3 Pratique deux coupures parallèles à cheval sur la pliure centrale (voir ci-dessus). Soulève cette bande afin qu'elle remonte lorsque tu plies la carte en deux. Applique de la colle sur les deux rabats extérieurs de la carte et colle-les en les repliant.

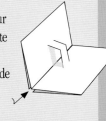

4 Colle une étoile sur la bande découpée. Finis de décorer tes invitations avant de les rédiger et de les envoyer.

Petits cadeaux

Décore des biscuits en pain d'épices (voir page 104) et enfonce un bâtonnet sur le côté. Glisse ces friandises dans un petit sachet en plastique et offre-les à tes convives. Miam!

Prépare
UN REPAS COMPLET

Fais la démonstration de tes talents de grand chef de cuisine en préparant un repas complet pour tes copains ou ta famille. Choisis deux plats qui peuvent être cuisinés à l'avance. Et tiens compte des temps de préparation et de cuisson afin d'être sûr que tout soit prêt au moment de recevoir tes invités.

Pour attribuer les places

1 À l'aide d'une pomme de terre découpée, imprime un motif (ici une fraise) sur du carton léger. Ajoute, si tu le souhaites, quelques détails avec la pointe d'un pinceau.

Note : ici, les « pépins » ont été représentés en faisant quelques petits trous dans la pomme de terre.

2 Plie en deux un carré de carton et colle sur une des faces un rectangle de feuille blanche découpé aux bonnes dimensions. Pour finir, colle ton motif imprimé et écris le nom de ton invité.

Victor

Les touches finales

Il est temps de dresser la table. En plus des fleurs et du menu que tu auras réalisé de tes mains, utilise des couverts avec des manches en plastique aux couleurs joyeuses. Peins une fourchette en plastique à la peinture acrylique et, une fois sèche, orne-la d'un ruban et colle-la sur le menu.

Un papier aux bords crantés fait toujours grand effet.

Au menu ce soir...

Entrée
Bruschettas aux tomates cerises

Plat de résistance
Pâtes au bœuf

Dessert
Crème au chocolat à la menthe

Bruschettas aux tomates cerises page 50

N'oublie pas d'orner
ta table d'une nappe,
de serviettes et de dessous
de plats colorés.

Quelques fleurs,
cueillies dans le jardin ou
achetées chez le fleuriste,
embelliront ta table.

Élodie

Crème au chocolat à la menthe page 112

Pâtes à la viande page 56

Aujourd'hui, on PIQUE-NIQUE !

Petits gâteaux page 100

Ne sois jamais à court d'idées pour un repas sur l'herbe – ou même pour un pique-nique à la maison si le mauvais temps contrarie tes projets. Tu n'as qu'à choisir dans ce livre : ce ne sont pas les recettes qui manquent !

Ne pas oublier...

- La nappe de pique-nique
- Les boissons
- Les assiettes en carton et les couverts en plastique
- Les serviettes en papier
- Le soleil !

Fabrique des drapeaux en papier

1 Il te faut un crayon, du carton souple coloré, des piques en bois, des ciseaux et de la colle. Plie le carton en deux et, à partir de la pliure, dessine des formes de drapeaux et découpe-les.

2 Peins des motifs de ton choix sur les drapeaux. Ouvre-les en deux, enduis l'intérieur de colle et fixe-les autour d'une pique en bois. Tu n'as plus qu'à les planter fièrement sur tes plats.

Quiche aux légumes page 78

Salade de pommes de terre page 64

Carrés au chocolat page 106

Les crudités sont idéales pour accompagner un repas sur l'herbe.

Salade pique-nique page 26

Pain italien page 34

Poulet barbecue page 74

Utilise les drapeaux pour étiqueter tes plats, préciser ce qu'ils contiennent et s'ils sont végétariens ou non, par exemple.

 # Index